その日の空は蒼かった

登場人物紹介
エスカリーナ=デ=ドワイアル
前世では恋に溺れ、破滅の道を辿った元王女。
生まれ直したことをきっかけに、
庶民として暮らしたいと考えるようになった。
闇属性の持ち主で、魔力の保有量が多い。
ハンナ=ダクレール
ダクレール男爵家の令嬢。
ドワイアル大公家で行儀見習いをしている。
エスカリーナと出会い、専属侍女となった。

ミルラス=エンデバーグ
薬屋『百花繚乱』の店主。
かつては王家に仕えていた
凄腕の錬金術師で、
エスカリーナの母とも
面識がある。
イグバール=エランダル
符呪師の一族、
エランダル準男爵家の三男。
符呪の才能に恵まれず、
馬車屋として身を立てている。
エスカリーナの師匠の一人。
ガイスト=ランドルフ=
ドワイアル
ドワイアル大公家の当主で、
ファンダリア王国の外務大臣。
姪であるエスカリーナを
実の娘のように大切に思っている。
アンネテーナ=ミサーナ=
ドワイアル
ドワイアル大公家の令嬢。
見目麗しい容姿に、
完璧な立ち居振る舞いが評判。
エスカリーナが庶民として扱われることに
不満を抱いている。

序章　私が私を取り戻すまで

……その日。

私は蒼い空を見ていたの。

十八歳の私は、片眼だけの歪んだ視界で、ただひたすら〝蒼い空〟を、見詰めていたの。空には陽の光が満ち、そして、清浄《せいじょう》な風が吹いていた。私には、それは、それは、眩しくて、知らない間に涙が零れ落ちていた。

ここは刑場。それも、重罪人を罰する場所。

私には、死罪の中で、最も惨《むご》いとされる刑罰が用意されていたわ。磔刑《たっけい》の十字架も無く、断首刑の首切り役人が居る訳でも無く、刑場に用意されていたのは、単なる石の台と、四頭の力強い雄《お》牛《うし》達。

——そう、私に用意されていたのは「牛曳《うしびき》の刑」。

刑場の石畳の上に突き飛ばされ、転がされる私。朦朧《もうろう》とした意識では、暴れることも叶わず。僅かに纏《まと》っていた囚人服も剥ぎ取られ、一糸纏《まと》わぬあられもない姿を晒していたの。

——今日は、私の元婚約者である、愛しのマクシミリアン殿下の御婚礼の日でもあったわ。

もう、御名前を呼ぶことは叶わない。どんな言葉ももう口から漏れることは無い。だって、喉はとうの昔に薬で焼き潰されているんだもの。

重罪人達が収監される地下牢に放り込まれ、一ヶ月の間、人としての尊厳を奪われるだけ奪われた。壊され尽くした私にとって、この刑罰を受けることすら、救いに思える程に。

私以外の重罪人は、恩赦という形で自由を得られた。『良き日』に流される血は、私のものだけで十分だと、殿下が仰ったそうね。

良き日に、血に汚れることは、忌むべきこと。

だから、彼はここには来ない。

高位貴族は言うまでも無く、貴族という貴族は皆、御婚礼の舞台である王都大聖堂に赴いているはず。

この刑場に居るのは、良き日、良き時の前に全ての罪を背負い処刑される私と、それを見物に来る王都の民達だけ。

刑場に木霊《こだま》するのは、私への非難と罵声。

その声が耳朶《じだ》に届き、『憎悪』と『後悔』が、この身を焦がすの。

頭を巡らし、辺りを眺めると、遠くに、王城コンクエストムのバルコニーが見えた。

そして、薄《うす》らぼんやりと、誰かがこちらを見ているのが、見えたの。

でも、その姿が誰だったのかは、判らなかった。

もしもマクシミリアン殿下なら……

妄執《もうしゅう》にも似た、思慕《しぼ》の念が心から溢れ出すのだけれど、大聖堂の鐘楼《しょうろう》から鳴り響く鐘の音が、そんな願望にも似た何かを、打ち壊してしまう。

私にとっては、葬礼の鐘音《しょうおん》と同義の……婚礼を讃する、大聖堂の鐘の音だったから。

最後の時を前に、私は、何をどこで間違えたのかを……自分に問いかけていた。

そして、一つ一つを思い出していったの。

たった、十八年しか生きてこなかった私の人生を、最初から、この刑場に至るまで……

＊　＊　＊

私は……私の名前は、エスカリーナ＝デ＝ドワイアル。

先のファンダリア王国の王妃殿下の息女にして、ドワイアル大公家の娘……

私の出自は少し、いや、かなり問題があったの。

お母様は、エリザベート＝ファル＝ファンダリアーナ。

私を身ごもった時、不義密通《ふぎみっつう》の嫌疑をかけられた悲劇の王妃。本来ならば、『死の盃《さかずき》』を賜るような嫌疑だったのだけれど、不義密通《ふぎみっつう》を頑として否定したお母様は、生家《せいか》であるドワイアル大公家に一時的に戻り、私を産んだ。

生まれた私は、紛れもなく王家の血を引く証《あかし》である、群青色《ロイヤルブルー》の瞳と、銀灰色《シルバーグレイ》の髪を持っていた。

王宮から来た人達は私を見て、お母様にかけられた嫌疑を晴らそうとしてくれたらしいのだけど、国王陛下はそれでも猜疑《さいぎ》に囚われて、お母様を王妃として王宮に戻そうとはされなかった。

深い悲しみに暮れたお母様は、私の目の前で喉に懐剣《かいけん》を突き立てて自死したの。

お母様の赤い血潮は、まだ赤ん坊だった私に降り注ぎ、お母様の死は私の記憶に深く深く刻み込まれたわ。

お母様は、もう二度と陛下からの愛を賜ることが無くなったと知り、自らの命を絶ってしまったのでしょう。

後に残されたのは、私と、闇に閉ざされつつある部屋と、床にくずれ落ち横たわるお母様。

そして、国王陛下の認知を取り付けられなかった私は、『庶子』として扱われることになったわ。

お母様がこのファンダリア王国の王妃殿下であるにもかかわらず、貴族籍にすら記載されない、そんな幼子だったの。

王国の『法』により、そう定義されたのよ。

貴族の方々は私のことを『不義の子《ふぎ》』と呼んでいたそうね。

でも、お母様の弟君であった、ドワイアル大公家の当主様はそんな私を不憫《ふびん》に思い、ドワイアル大公家の娘として受け入れて下さった。大公閣下には奥様がおられ、その間にお子様達がいらっしゃったにもかかわらずね。

本来なら、私はドワイアル大公家の娘と名乗ることなど出来ない立場だったのよ。

私はそう、秘匿され、『日陰の身』として、生きていくべき娘だったの。

今なら理解出来る。私を養育することで、ドワイアル大公家は王家から、そして、王城に居る高貴な方々から、睨まれていたに違いないわ。

『庶子』とはいえ、王家に縁がある訳ありの娘を手元に置いていたってことだもの。

王家やその他の貴族の方々にとって、目障りだったでしょう。

でも、そんなこと、幼い私には理解出来るはずも無く……

私は自分を、とても高貴な血を受け継いだ『特別な人』なんだと、そう思い込んでいたのよ。

侍女達の間で囁《ささや》かれる言葉から、お母様が、王妃殿下だったのだと知ったのだもの。

ならば、私は王女なんだと、そう思うのも自然なこと。

今は事情があって大公家に住んでいるけれど、時さえ来れば王城コンクエストムに迎え入れられ、『王女』として扱われると、そう信じ込んでいたの。

だから、極力ドワイアル大公家の人達とは……たとえ、それが、大公閣下や大公夫人であっても、必要以上に言葉を交わすことは勿論、近づくことさえしなかった。

特に、大公家の子供達との交流は、最低限と決めていたの。

だって、私はいつかこの家を離れることになる。

それに、王女であるというプライド以外に自分を形作るものがなかったから。

そうやって私は、大公家の奥深くに、まるで自らを幽閉するかのように、生活していたわ。

日々接するのは大公家の侍女のみ。

王女の在り方を教えてくれる人もおらず、書物から得られる知識だけで、勘違いも甚《はなは》だしく王女として振舞い続けていたの。

次第に自分を客観視出来なくなり、侍女を顎《あご》で使い、気に入らなければすぐに交代を要求したりもしたわ。

大公閣下に対しても、感謝の気持ちや親愛の情を抱くことも無く、好き放題に振舞っていたのよ。

そんな籠の中の野良猫のような私に、転機が訪れたのは、八歳の時。

王宮から使者が、〝私宛〟の貴族子弟のお披露目式への招待状を携えてやってきたの。

『庶子』である私に何故招待状が届いたのか……

それは、現王妃であるフローラル様の御生家《ごせいか》であられる、ニトルベイン大公家の御当主様が、お母様の不義密通《ふぎみっつう》の嫌疑を晴らして下さったからなの。

国王陛下からの認知を得られた訳ではないけれど、前王妃の娘としてお披露目式に参加することになったのよ。

――そして当日、お披露目式が挙行される、王城コンクエストムの謁見の間で、国王陛下から二つの『御宣下』を受けたのよ。

まず、私の立場について。

『高貴な血を受け継ぐ娘』として、ドワイアル大公家で正式に養育することが決まったの。ようやく日の当たる場所に出られると思って、本当に嬉しかった。

そして、国王陛下の御側に居られたとても見目麗しい、優しい王子様……マクシミリアン＝デノン＝ファンダリアーナ殿下を、私の御婚約者とすると宣せられたのよ。

マクシミリアン殿下は、隣国マグノリアに嫁されていた国王陛下の姉、ミラベル殿下の御子息。マグノリア王国では政変があり、ミラベル殿下の夫である前国王陛下は王位を退いたの。そしてお二人は、ファンダリア王国にお戻りになっていたのよ。

一目見て恋に落ちた私は、彼の御側に立つために、必死になったの。

八歳から十二歳までは、ドワイアル大公家で、貴族の令嬢としての教育を。

そして、十二歳からは王立ナイトプレックス学院と王城で、王家の一員となるための教育を存分に受けさせてもらった。

立ち居振る舞いから、マナー、ダンス、そして外国語まで。

何もかも、あの方の婚約者としてふさわしくなれるようにと、その想いだけで。

学院に入学するまでは、マクシミリアン殿下とは良い関係を築いていたと思うの。王城でのお茶会とか、ミラベル様とのお勉強会の合間に、幾度も会って下さったもの。

でも、学院に入学してからその関係に陰りが見え始めたわ。

学院では、見目麗しく優しいマクシミリアン殿下は、大変な人気者だったんですもの。

それに比べて私は、その出自から未だに『不義《ふぎ》の子』と言われ続けていたのよ。

そして何よりも私は……

現宰相の三男エドワルド＝バウム＝ノリステン子爵様。

聖堂教会神官長の二男ユーリ＝カネスタント＝デギンズ助祭様。

王国騎士団の団長の三男アンソニー＝ルーデル＝テイナイト子爵様。

外務大臣であらせられるドワイアル大公家の長男、ミレニアム＝ファウ＝ドワイアル子爵様。

マクシミリアン殿下の周りを固めている側近の方々に嫌悪されていたの。

彼等は考えたのでしょうね、私が彼の側に居るのは〝宜しくない〟と。

彼等はマクシミリアン殿下と私が一緒に居ると、その間に割り込み、私を排除しようとされていたわ。

マクシミリアン殿下に近づく方々は全て敵だと思い込んでいた私。

マクシミリアン殿下との仲を引き裂こうとする彼等のことを嫌悪していったのも、当然のことよね。

私は彼等に、女性貴族としてのやり方で、牙を剥いたわ。

言葉の刃を使って、彼等の評判を落とそうとしたり、正式な婚約者である私に対して失礼ではないかと直接抗議もした。

それも全て、私には、マクシミリアン殿下しか居なかったから。

＊　＊　＊

そんな険悪な状況の中に、あの女が現れたのよ。隣国マグノリア王国からの留学生としてね。

マグノリア王国の第三王女……リリアンネ＝フォス＝マグノリアーナ殿下。

彼女は、マクシミリアン殿下の叔父様に当たる現国王陛下の三女様。つまり、マクシミリアン殿下の従姉妹に当たる方。

お国柄も違い、奔放な彼女は、古いしきたりや慣習の多いファンダリア王国では戸惑われることも多かった御様子。

そんな彼女に手を差し伸べたのは、ほかならぬマクシミリアン殿下。御二人の間にどのような感情が生まれたのかは、想像したくもない。

そもそも『不義《ふぎ》の子』たる私は、殿下の側近達によって、彼に近寄ることを阻まれていたから……あの方の状況はよく判らなくなっていたの。

そうしている間に、マクシミリアン殿下の周りは私を除いて華やかな場所になっていったの。

焦燥感が私を苛《さいな》んだわ。

だって彼の私を見る目が、とても、とても、冷たくなっていったのですもの。


——あの方の御側に立つのは私。


愛しいあの方に、気持ちを捧げることが出来るのは私だけ。

だから、あの方に近づく女性は、大公家の権力を使って蹴散らしたのよ。ファンダリア王国の女性達に対しては、御実家に圧力を掛け、あるいはお金の力を使って暴漢を嗾《けしか》け、排除したわ。彼女達は皆、節度ある距離を取ってくれるようになったの。


——唯一、リリアンネ殿下《あのおんな》を除けば。

だから、ありとあらゆる手を使って、彼女を排除しようとしたの。フローラル王妃殿下に訴えもした。マクシミリアン殿下のお母様であらせられる、ミラベル殿下にもお手紙を書いた。私の訴えに対し、皆さんが嫌悪感や困惑を表しておられたのが不思議だった。

＊　＊　＊

事件があったのは、学院を卒業する一ヶ月前。

あの日私は、出来るだけ穏便に、そして覚悟を決めて、リリアンネ殿下にお話をした。

これ以上マクシミリアン殿下と親密にならないで欲しいと、そう言うと。

「何故、私の行動を貴女が制限するの？」

「私は、マクシミリアン殿下の婚約者に御座いますよ？　婚約者と親しくしないで欲しいというのは、当たり前のお願いでは御座いませんか？」

「『ただの庶子』が、おかしなことを。私はマグノリア王国の王女ですよ？　庶子ごときが話しかけることすら叶わない身分ですよ!?　身の程を弁《わきま》えなさい!!」

カッと〝激情〟が、私の心の奥底から駆け上がったの。

そうか、まだ、私は『庶子』なんだって、理解したの。王女どころか、貴族でもなんでもない、単なる市井《しせい》の民と同じ。何もかもが、足元から崩れるような気分に襲われ……

パァァァァン!!

思わず彼女の頬を打ったのだと気が付いたのは、〝キッ〟と、リリアンネ殿下に睨みつけられた時。

その場には、マクシミリアン殿下の側近達も居たわ。

彼等は瞬く間に私を拘束した。有無を言わせぬ、断固とした態度だった。

他国の姫君に対して手を上げた私には、反論する余地は無い。そう、マグノリア王国の『平和の使者』たる姫君を害したと判断されても、仕方なかった。

ただ、私の心情を少しでも判ってくれる人がいたならばと思わずには、居られなかった。

私が謹慎処分を受けている間に、彼の側近達はありとあらゆる手段を使い、私の『罪』を暴いていったの。

大公家の絶大な権力を使い、マクシミリアン殿下に近寄る女性達を排除していったこと。

その中には、淑女としてたえられない事柄も、私の指示で行われたこと。裏側からの『手』を使うことになんの躊躇《ためら》いも持たなかったこと。

それがたとえ、リリアンネ殿下に対してであっても、同じように悪辣《あくらつ》に、傲慢《ごうまん》に、自分が王女であると、錯覚したまま……

おりしも隣国マグノリア王国との和平交渉が進んでおり、国内が平和の喜びに沸き立っていたのが、私にとっての『災厄』だった。

平和の使者としての役割を担っていたリリアンネ殿下に対しての暴挙として、私は両国の平和を乱す『大逆罪』に問われた。

外務大臣として、御国に忠誠を誓っていたドワイアル大公閣下は、勿論私を庇《かば》うことはせず。国王陛下もまた、国益を優先させるお立場。後ろめたさがあったとしても、一度は切り捨てた娘と、国の安寧《あんねい》を天秤にかけるまでもなく。

国王陛下からの勅で、私とマクシミリアン殿下の婚約が破棄されたのは、当然のなり行きだった。『高貴な血を受け継ぐ娘』と言う立場も、勿論反故《ほご》にされた。

そう、何もかも無かったことにされて、私は民草の孤児として、断罪されたのよ。国家に不利益を齎《もたら》しそうになった庶民が犯した、大逆罪への量刑は……『牛曳《うしびき》の刑』。

名誉も誇りも何もかも奪われ、髪はざんばらに切られ、与えられたのは重罪人用の囚人服。饐《す》えた臭いのそれを着ることは、何にも増して、惨めな気持ちになったわ。


——でも、それだけでは済まなかった。

私の入れられた地下牢は、重罪人達の雑居房。女囚房ですらなかった。目の前に死がある男達が収監されている監獄。騒ぎ立てられると困るのだろう、看守達は私に喉を焼くための毒薬を無理矢理飲ませた後、鉄格子の向こう側に私を蹴り飛ばし、後ろも見ず去っていった。

――そして、私は『全て』を失った。


一ヶ月の間に、およそ女性として受け容れることが出来ないことばかり起こり続けた。自分から死を選ぶことすら叶わなかった。意識がある間も、意識を失った後も、止まることがない苦しみ。尊厳を踏みにじられる行為も、何もかもがここでは当たり前のことでしかなかった。

＊＊＊

そんな煉獄が終わったのは、収監されてから一ヶ月後である今日。

手に喰い込む荒縄を解かれることも無く、刑場へと連れていかれた。

暗く湿った地下牢から、明るい刑場へ……目に映る光景に息を呑んだわ。

ごった返す人々の群れ。その瞳には狂気に近い何かが浮かんでいたの。ある者は謗《そし》り、ある者は罵声を上げる。人々から石礫《いしつぶて》が投げつけられ、あちこちから血が噴き出した。

私の目の前には、巨大な雄牛が四頭。すでに頸木《くびき》に縄が付けられていたわ。

そして、刑吏が無表情に私の手足に荒縄を結び付けても、私は抵抗すら出来なかった。

私の視界には『美しい空』しか映っていなかった。

それが、現実から逃げ出す、唯一の手段とでもいうように。何もかもが無駄に終わった今、頬に流れ落ちる涙が私の全てだった。そうしているうちに、黒い何かが巻き付き、私の身体の中に潜り込むような気がしたわ。鎖が引き摺られるような音も聞こえた。

——刑吏が離れ、雄牛に鞭をくれる。

四肢に結び付けられた荒縄が引かれ始め、やがてピンと張る。ギリギリと四肢を締め上げる荒縄。大きく両手両足を引き伸ばされる。限界に達した縄が私の身体を引き千切る。ミリミリと音を上げて肩が抜け、股を割き。強い血の臭いが辺りに充満する。

本来なら気絶するような激痛のはず。緩慢で耐えられる程度の痛みしか襲ってこないのは、看守が私の口にねじ込んでいた粗末な食べ物の中に、痛みを薄くする薬を入れていたからに違いないわ。

それは、意図して〝少しでも長く〟苦しみを与えるための処置。

それが『大逆罪』に与えられる罰。

私は墓などには入れて貰えない。魂の行く先すら与えられない。生きながらにして、魔狼に喰われる。その最後の瞬間まで、私は意識を保ち続けることになるの。

——私の目に映るのは、蒼い……蒼い空。

なんて、馬鹿らしい。

自身の矮小《わいしょう》さを存分に示されたわ。

魔狼が解き放たれ、私の血の臭いを敏感に察知し近寄ってくる。目の前の御馳走に、喉をグルグル言わせる姿は恐怖以外の何物でもない。大きく開けられた、魔狼の口。鋭い牙が蒼い空の代わりに、私の視界を埋め尽くした。ゴリッという音が耳に届くと同時に、全ての感覚が閉ざされた。

全てが終わりを告げた時、轟音と浮遊感が私を捕まえた。

これで、おしまい。何もかもが、無駄に終わったわ。

もう…………十分。

私の『原罪』は、マクシミリアン殿下を愛してしまったこと。

そう、あの方を心底、愛してしまったこと。

――そして、私の心から、あの方への愛が、人を愛するという心が、『蒼い空』に霧散していったの。

＊　＊　＊

突然、全ての感覚が戻ったの。

懐かしくも、哀しみに満ちた場所への帰還。

そう、始まりの場所に……

〃もう一度、やり直せ〃と、いうことなの？

苦しみは永遠に続くの？

でも、あの蒼い空を見上げるまでの記憶は残っている。そう、残っているのよ。

混乱しながらも、生まれ直したのだという事実を受け入れた私。

私は、大いなる方の御意志で、生まれ直したということね。

けれど、それが、何を意味するか私には理解出来なかった。

小さな手が虚空を掴む。時間が巻き戻された感覚が襲う。

たった一つ、心の中に強く刻まれていたことがあったの。壊れてしまった私の心の中に、一つだけ。あの蒼い空の下、霧散した私の心が、決意したこと。


――もう二度と『恋』なんてしないって。

＊　＊　＊

生まれ変わっても、そこは煉獄に違いは無かったの。

まだ完全には覚醒していないけれど、この部屋、何より遠目に見える、自死を選ばれたはずのお母様。私は知っているわ、お母様が見詰めているあの窓の向こうには、王城コンクエストムが見えるってことを。

そして、今、何が起こりつつあるのかも……

お母様の手には懐剣《かいけん》が握られている。ということは、やはり今日があの日なんだ。

処刑が行われ、魔狼に喰われて死んだ後、時間が巻き戻り、どういう訳かこの場所に引き戻された。

そして、一番に目に映るのが、お母様の自死って、どういうことよ！

この時私は、まだ一歳にもなっていない。

お母様を止めようがないのよ！

ベビーベッドの上でのたうち回り、ウーウー言っている私に気が付いたのか、お母様が窓の向こう側から視線を外し、私を見た。

「ごめんなさい。貴女には、本当に申し訳なく思っているの。陛下との愛の結晶だったはずなのに、なんで、こんなことに……。全ては、私の罪。それでも貴女にだけは生きて生きて欲しいの。重き荷を背負わせることになるのは、判っている。でも、他に方法が無いの……ごめんなさい……許してもらえるとは思わないわ……でも……」

そう言って、さめざめと泣くお母様。

「私の捧げた愛は、陛下には届かなかった。あの方の御側に立ち、あの方を支え、国母としてこの国を護ろうとしたのだけれども、私にはどうにも出来ません。頑《かたく》なに、私を拒まれた陛下には、私の想いは届かなかったのですから。貴女を残して逝《い》かざるを得ない、私を許して……ごめんなさい……本当にごめんなさいエスカリーナ……」

ポロポロと零れ落ちるお母様の涙。哀しみしか伝わってこないよ。

そして、お母様は私を見ながらゆっくりと、御手に持った懐剣《かいけん》を喉元に当てたの。

〝やめて！　死んじゃったら、お母様の努力や想いや、色んなモノを投げ捨てることになるのよ！全てが無駄になってしまうのよ‼〟

必死に訴えたけれど、伝わるはずもなく……

私を愛おしそうに見ながら、お母様は美しい首筋にすっと懐剣《かいけん》を当てた。刀身がお母様の身体に突き立っていくの。途端に噴き出す赤い血潮。近くにいたもんだから、全身が赤く染まったの。

――止められなかった。

お母様の目が閉じるまで、永遠にも思える時間だった。ベビーベッドを血の海に変えたお母様は、たいして大きな音も立てず、横たわるように床に崩れ落ちる。

お母様は、心の底から愛を捧げていた方からの疑惑の目に耐えられなかったのかもしれないわ。

だからこそ、思うの。思いの丈を語ったとしても、それが相手に届くとは限らない。私も前世で、異性を愛することの怖さを、思い知ったから……

——もう、恋なんてしない。

前世の私は、血を被ったことに驚き、大きな声で泣き叫んでいたから、母屋《おもや》の人達にお母様が自死したことがすぐに伝わったの。でも、今の私はそうしなかった。出来るだけ長くお母様と一緒にいたかったからね。もう、誰が見たって助かりようが無いもの。ここで大きな泣き声を出したら、もう永遠にさようならすることになるんだもの。

床に横たわるお母様。ベビーベッドの格子の合間からジッとお母様の顔を見ていたの。本当に、安らかな御顔だった。努力に努力を重ね、王妃教育を全うし、国王陛下の隣に立ち、国母として王国に尽くし、私を身ごもったお母様。

国王陛下は何が気に入らなかったんだろう？　こんなに綺麗なお母様なのに。こんなに頑張っていたお母様なのに。

段々と青白くなるお母様の顔をジッと見ながら、私はそんなことを考えていたの。お母様は、ピクリとも動かず、そのお母様を見ている私もまた、凍ったように動かなかったわ。

音の無い世界。赤と黒の世界。耳が痛くなるような静けさの中、人の死をまじまじと見詰める幼児。前世では、ただただ恐れを抱き、嫌悪していたその光景。現世では、私の心に静かに沁み込んだわ。

ただ、ただ、哀しみだけが心を覆い尽くして……

最後にお母様が仰った言葉を噛みしめながら、その光景を見ていたの。

やがて夜の帳《とばり》が下り、部屋の中全てが赤から黒に変わる頃、お母様の侍女さんがお部屋に明かりをつけるためにやって来たんだ。

コンコンコンコンと、四回のノックの音。中から返答がないことを不審に思ったのか、もう一度ノックの音が響いたの。

でも、この部屋の中には答える者はもう居ない。シンとした静けさが支配する空間に、泣きもせず、母親の亡骸を凝視している幼女が居るだけ。返事がないことを不審に思ったのか、侍女さんが再び声掛けをしてきた。

「エリザベート様、エスカリーナ様、どうなさいました？　お休みで御座いますか？」

「……」

「失礼いたします」

部屋の主が寝ているとでも思ったのか、そっと扉を開ける侍女さん。

彼女を待ち構えていたのは、濃密な血の臭いと惨劇の情景。ベビーベッドの傍らに倒れているお母様に、僅かな外からの光でも判る、血で赤黒く染まっているベビーベッドと、私。

「きゃぁぁぁぁぁぁ！　エリザベート様!!　エリザベート様がぁぁぁ!!」

絹を裂くような悲鳴が辺りに木霊《こだま》した。そんな悲鳴にも、一切の興味を示さない私。

まだ、ジッとお母様の亡骸を見詰めていたの。

「ひ、姫様!!　姫様!!　エスカリーナ姫様!!」

私まで、お母様の手に掛かったのかと、侍女さんは私の所に飛んできた。私が生きていることを確認した彼女は、お母様の亡骸を置いて、私を抱くと大慌てで部屋から出て行った。

まぁ、あの惨状の部屋から連れ出そうとしたのは、侍女としては間違いのない行動よね。

相当、慌てたと思うわ。幼女が感情も出さず、泣きもせず、目を見開いたまま、ずっとお母様の亡骸を見詰め続けていたんだからね。

私としては、お母様に最後のご挨拶をしてたんだよ。まだ、まともに喋ることが出来ないから、胸の内で精霊様にお祈りしてたんだ。

ファンダリアの民が皆そうするようにお母様の魂を精霊様にゆだねるの。

またいつの日か、この世界に新しい命として、まっさらな〝人〟として誕生してほしいから。

〝遠き時の輪の接する所、肉体に何の意味も無い場所へ、お母様の魂をお送り下さいませ。精霊様、お母様は精一杯生きられました。愛する方に精一杯尽くし、愛を捧げ、怨むことも呪うことも無く、その御霊を自らの手で肉体からお放しになられました。どうぞ、お母様を導いて下さいませ。お母様の魂に安らかな眠りをお与え下さいませ。お母様の娘たる私、エスカリーナからの切なる願いで御座います〟

両手を組んでお祈りを捧げることが出来た。それだけで、なんとなくだけど、満足出来た。

お母様の魂の葬送《そうそう》は私がしたんだ。お母様から血肉を受け継いだ私が。

きっとお母様は安らかな眠りにつかれると思う。この国を、誰よりも愛したお母様だもん。


——お母様、安らかにお眠り下さい。

＊　＊　＊

惨劇が起こった、屋敷の離れの間は当分の間、封鎖されることになったの。穢《けが》れを嫌う人達の、まっとうな処置。でも、とても、寂しくなったわ。もう、お母様を感じられる場所には行けないと思うと、心安らかでは居られなかったの。

私は、叔父様である大公閣下御一家がお暮らしになっている母屋の一室に部屋を与えられた。一歳に満たない私が、あの情景を間近で見続けていたということで、相当心配されたみたいね。

だからかもしれない。それまで、お母様の手によって育てられていた私にも、乳母が、付けられたの。

それも、叔父様の娘——アンネテーナ＝ミサーナ＝ドワイアル様と同じ乳母さんだったの。アンネテーナ様と私は同い年だったから都合が良かったのかしら？　乳母さんは、ドワイアル大公家の血族である、伯爵家の出の方だった。彼女が産んだ子も女の子で、コレで乳姉妹三人よね！

そんな赤ちゃん三人の中で、ずば抜けて手が掛からないのが私。お乳を飲んでぐっすり眠って、時々起きて、身体を動かして、またお乳を飲んで眠る。愚図《ぐず》らないし、喚《わめ》きもしない。おむつを替えてくれる時間も段々と判ってきたから、直前に用をたして……一番早く乳離れしたわ。

乳母さん、ご尽力、本当にありがとう御座いました。

それから、魔力。お母様の血をたっぷり浴びて、お母様の魔力をたっぷりと吸い込んだからか、身体の中にちょっと尋常じゃないくらいの魔力を保持してしまったの。前世でも多い方だと言われていたけど、今の私は前世とは比べ物にならないくらい、多いの。

このままにしておいたら、きっと魔力暴走が起こってしまう。

だから、前世で王立ナイトプレックス学院で習ったように、魔力を体内循環させることにしたの。これを実行すると、余分な魔力を体外に排出出来るし、身体の中に留めておける魔力も増大する。前世でもこの修練は必須と言われていたわ。

両手の掌を合わせて……あぁ、足りないから、両足も合せてなくてはっ！　それから、魔力を意識して右半身から左半身へ、背中の真ん中を通り抜けて、また右半身へっと。


——ふぅぅ。

随分と楽になったわ。侍女さん達に見つかると、厄介なことになるかもしれないから、誰も見ていないお昼寝の時間とかにね。掛け布団の中で、どんどん循環させていたのよ。そうでもしないと、身体がもたないの。王立ナイトプレックス学院の授業でも、よく言われていたわ。

〝多過ぎる魔力は身体を傷つけます。適切に魔力を循環し、消費していかないといけません。エスカリーナ嬢は、御身に多大な魔力を有しておられます。きちんと制御しないと、魔力暴走を起こします〟

とね。今なら、実感を持って理解出来るわ。

そうそう、魔力をゆっくりと循環させて、余分な物を取り除くと、純度が上がっていってね。普通の魔力の数十倍から、数百倍に圧縮出来るんだ。

でも、魔力は単なる動力。それだけだと意味がないの。

大事なのは、魔力を用いて現象に干渉する術式、いわゆる魔法なんだけど……そこには属性っていうモノが介在するのよ。一般的には、「無」、「地」、「水」、「火」、「風」、「木」、それと「光」と「闇」の八属性があるんだ。この他に特殊な属性もあるんだけど、本当に稀にしか居ないのよ。

前世での私の属性は、闇属性だったの。闇属性っていうのは、光属性以外の七属性の魔法を使うことが出来るのよ。でもね、なんの魔法を使っても、闇属性に引っ張られて、威力が一段落ちるのよ。

その上、闇属性は『禁忌の魔法』が多いので、よく『外れの属性』って言われているのよ。

だから、前世では魔法はほとんど使わなかった。

少しでも他人から蔑《さげす》まれるのは、嫌だったから。他属性の魔法を行使するのは、『初級魔法』くらいだったわ。ちょっとした明かりをつけるとか、コップに一杯の水を出すとか、暑いからふんわりとした風を起こすとか些細なことだけ。

他には、【身体強化】の魔法をよく使ってたかしら。重い教科書を運ぶ時に便利だったし、ダンスもいくらでも踊れたからね。実行するにあたり、膨大な魔力を必要とするはずなんだけど、私は保有魔力が多かったから、問題は無かったのよ。


——生まれ直した現在、やっぱり闇属性だった。


二度目の人生もまた、同じってことね。なんとなくだけど、そうかなとは思っていたのよ。

そしてね、勿論まだ詠唱は出来ないから、魔法は使えないと思っていたのよ。

でも、高位魔術師の人達は、無詠唱で魔法を使うことが出来ると、学院でお教え頂いていたの。

本来魔法を実行する時は、魔方陣を紙などに描いて、呪文を詠唱して、現象を具現化する。

けれど、高位魔術師のように魔力が多い人は、魔方陣を魔力で空間に描いて、呪文を詠唱することなく、そこに魔力を注ぎ込むだけで現象を具現化することが出来るんですって。

——だから、試してみたのよ。

物凄く暑い日に、侍女さんが窓を開けるのを忘れてしまって……あんまり暑くて、窓を開けたいなって思ったの。【念動】の魔方陣を思い出して、私の内包魔力で描き出したのよ。

ちょっとだけ、力を加えて、窓をほんの少し開けるだけ……とね。

そうしたら、バン！　って音と共に、お部屋の窓が全部開いたの。

でもまだ、暑いのよ。風が通ってない感じがしたわ。だから、前世でも使っていた【微風】を作り出す魔方陣を思い浮かべて無詠唱で魔法を紡ぎ出したの。途端に旋風がお部屋の中に溢れたわ。

うわッ!!　なんか、大変!!　吹き飛ぶ!!　もっと、弱く、まだ弱く!!

……こんな感じね。爽やかな外の空気がお部屋の中に入ってきて、やっと落ち着いたのよ。

なんだか、魔法の威力がおかしくないかしら？

紡ぎ出した魔方陣と、そこに投入した魔力からすると、こんな結果になるはずないのだけれど……謎だわ。大きくなって、文字を読んでもおかしくない年齢になったら、お屋敷にある魔導書を読ませて貰おう！　何か、書いてあるかもしれないし。

その後もう一回【念動】を使って、散らかったお部屋の中を片付けたのよ。おかしげな威力を調整して、魔力制御の練習にもなったわ。

少し疲れたし、今はお昼寝の時間だから、もう寝よう！　【微風】の魔方陣への魔力供給は切らずにいたら、快適に眠ることが出来たの。

ちなみに、この魔方陣、闇属性が影響していて、他の人には感知出来ないみたい！

私が魔法を使ったと誰にも知られたくなかったから、とても有難かった。

離乳食もトイレトレーニングも、いち早く終わらせたわよ。ぐちゃぐちゃの食べ物って、なんか嫌だったし、トイレにはキチンと行きたかったもの。一歳の誕生日には、ちゃんとした食べ物を食べられるようになったのよ。

そしてね、今まで侍女さんは何人も変わったんだけど、やっと専属で付いてくれる人が出来たの。ダクレール男爵家のお嬢さんでね、十四歳の綺麗なお姉さんなんだ。

御名前はハンナ＝ダクレールさん。

なんでも、彼女のお父様である、ダクレール男爵閣下が悪い人に騙されて事業に失敗してしまって、ドワイアル大公閣下が、借金の肩代わりをされたそうよ。そして、ダクレール男爵閣下がドワイアル大公閣下に借金の返済の一部として、ハンナさんを渡したってそう語ってくれたの。

どうやら、ハンナさんのことは大公閣下の御好きなようにして下さいって、ダクレール男爵閣下が言ってらしたそうなんだけど……大公閣下の困り顔が目に浮かぶわ。だって、大公閣下は、奥様一筋なんですものね。

結局、彼女は『行儀見習い』ということで、私の侍女になることに。

ドワイアル大公家にとっては、扱いに困る者を〝一ヶ所〟に集めましたって、ところかな？

大公閣下は頃合いを見て、ハンナさんをダグレール男爵家へお戻しになると仰っていたしね。

ハンナさんは、色々と愚痴《ぐち》りはするけど、とってもいい人よ。

彼女は不満を言いつつも、侍女としての技術を身に付けるために真剣に学ぼうとする人だった。

だから、きっとそのうち、良いことがあるよ。素敵なパートナーを見つけることだって、出来るかもしれない。

そんな彼女は、私に本を読んだり、一緒に絵を描いたり、文字を書いたりしてくれて、幼児に対する知育に真剣に取り組んでいたの。応えないと、いけないわよね！

だから、キチンと意味のある言葉が、口から紡ぎ出せるようになった時に、お礼の言葉を一生懸命に伝えたのよ。

それまで、アーだの、ウーだのばかりで全然喋ったことが無いのに、突然喋り始めた私に、彼女は驚いていたわ。

「ハンナさん、いつもありがと！　今度はコレ読んで！」

「えっ？　はっ？　お嬢様？　今、なんと？」

「いつもありがとう!!　それで……コレ読んで欲しいって、お願いしたの」

「お、お嬢様！　お話が出来るのですね！　なんて、素晴らしい！」

本を手にしたまま、ニンマリと、極上の笑顔でハンナさんを見詰めたのよ。ほら、私、良くない噂バッカリでしょ？　ハンナさんにも苦労を掛けると思うのよ。

だから、精一杯、いい子にするからね！

＊＊＊

ハンナさんと一緒にお勉強する日々。まだ小さい私には、家庭教師なんてものは付かないからね。それにね、お屋敷の皆さんはまだ、私と距離をおいているの。

しょせん、厄介者でしかないのよ。それは、十分に理解しているわ。だけどね、なんというのかな……寂しいかな？

でも、ハンナさんは、側に居てくれる。彼女だけは、私になんの隔たりも感じていない様子なの。それは、色々なところにお伺いを立て、私に様々なことを教えようとしてくれていることからも、判るわ。

私が一気に喋り始めた頃から、彼女との関係性は一層親密になっていったの。もっと早くから喋っていたら良かったかしら……と思ったのだけど、それまでだんまりを通していたのは、前世の記憶がそうするように、教えてくれていたから。

だって、利発なんて評判が立てば、必要以上に目立ってしまうから。目立たず、大人しく生きていく方が、この先のことを考えるに、大切なことだと思うの。

でも、こんなにも良くしてくれているハンナさんに、そのままではいけないと思って……

きちんとお話しするようにして、今では本当に良かったと思っているわ！

だって、読みたい本を、お屋敷の図書館から持って来てもらったり、お庭で散歩をする許可を貰いに行ってもらったり。たくさんのことをお願い出来るようになったの。

ほら、私って、いわば居候に近い身じゃない。勝手に動き回ることは、出来ないんだものね。

前世ではそのことが良く判っていなかったのよ。

だから、ドワイアル大公家を自分の実家のように思っていたわ。そんなこと……無いというのにね。

確かに、お母様は大公家の娘で王妃殿下だったわよ。でも私は、国王陛下に認知してもらっていないから、庶子ってことになるのよ。ファンダリア王国ではね、幾ら母親が貴族であったとしても、父親が貴族でない場合、あるいは貴族でも認知して貰えなかった場合、その子は『庶子』として扱われる。つまりは、『貴族籍』を持たない『一般庶民』になるのよ。

だから、私は大公家の高貴な血を持った、一般庶民なのよ。決して履き違えてはならない私の立場。前世では、そんなこと思いもしなかった。でも、今ならしっかりと理解出来るわ。

——だけどね、私が王家の特徴を色濃く受け継いだ外見をしちゃっているものだから、『困ったこと』になっているのよ。

もし、私が群青色《ロイヤルブルー》の瞳と銀灰色《シルバーグレイ》の髪でなかったら、間違いなく孤児院に送られていたはずなのよ。『不義《ふぎ》の子』って言うのは、母親だけでなくその生家《せいか》にとっても相当の重荷になるんだもの。でも、これだけ、はっきりと王家の特徴を受け継いでるから、大公家の皆さんは対処に苦慮しておられるのよ。

それに加えてね、お母様の御遺体だって、未だ聖堂教会の王都大聖堂の、地下墓所に安置されたままなの。お母様が亡くなった時、まだ王家の一員だったはずなのに、『王家の墳墓』に埋葬されていないのよ。つまりは国王陛下がお母様を、未だに疑ってるってことなの。

あれだけ愛情深かったお母様のどこに疑義《ぎぎ》があるのよ？

王宮ってそんなに、不逞《ふてい》の輩《やから》が多いの？

国王陛下がよっぽど嫉妬深い？

何か良からぬことを企む人達が沢山いたとか？

本当に、良く判らないわ！

現王妃様とは、お母様が王家から『死亡除籍』された後、恋愛結婚されたはずよね。それで、矢継ぎ早に王子様、王女様がお生まれになったって、聞いているけど……

まさか国王陛下は、現王妃様と結婚するために、お母様を排除されたの？

お母様との御成婚は、前国王陛下ご夫妻の肝煎りって聞いたことがあるけれど……

前国王陛下が御隠れになり、現国王陛下が即位された五年後。お母様の献身的な看病にもかかわらず、先の王妃様も前国王陛下のもとに逝《い》かれた。

その直後に、お母様が『御懐妊』されたのよ。そしてお母様は、不義密通《ふぎみっつう》の嫌疑をかけられたわ。

お母様がどんなに否定なされても、国王陛下は話をお聞きになられることすらなかった。


――何よコレ、お母様にとって、とても残酷な仕打ち。酷くない？


国王陛下が何故そこまで頑《かたく》なに、お母様の話をお聞きにならなかったのか。そして、何故、お二人の間にどのような関係があったのかを決して語らなかったのかは、誰も教えてくれなかった。前世で王宮に『勉強』に行っている時も、その話題は極力避けられていたわ。

王宮は陰謀渦巻く場所……

可能ならば二度と近づきたくはないけれど、前世では私も『お披露目式』に参加することになったのよね。

庶子である私が、貴族にしか関係がないはずのお披露目式に呼ばれたのは、ブロンクス＝グラリオン＝ニトルベイン大公閣下が、お母様の不義密通《ふぎみっつう》の噂の出所を探し出して、冤罪だと証明して下さったからだったわ。国王陛下の子である可能性がある、ということで呼ばれたのでしょう。

前世では何も思わなかったけれど、ニトルベイン大公家って、現王妃殿下の御生家《ごせいか》なのよね？

そんなことをして、ニトルベイン大公家にどんな利益があったんだろう？

確か噂の出所って、現王妃殿下の取巻きの女性達だったはずよね。だったら尚のこと、そんなことをする意味が判らないわ。それに、現王妃殿下が絡んでないってどうやって証明したのよ？

本当に、謎は深まるばかり。

現世でも同じようにお披露目式に呼ばれるのかしら。

もしそうなるのなら、私のことは完全に〝捨てて〟欲しいな。

王女でも、大公家の令嬢でも無い、まして貴族ですら無い〝庶民の私〟が、何故こんなややこしい立場に、留め置かれないといけないのよ。

貴族間の権力均衡のため？　それとも、王族の醜聞《しゅうぶん》を覆い隠すため？

もしくは……国王陛下の罪悪感から？

最初に手を放したのは、そちら側。

なのに、何故、前世で、あの時になって取り込もうとしたの？

『不義《ふぎ》の子』など、その辺の適当な路地裏に放り投げておけば万事解決するのでは？

不都合な事実は、たったそれだけで闇の中に追いやれるというのに。

でもね、そうはいっても、『命』を粗末にするのはいけないわよね。私は精一杯生きたいのよ。

——お母様の分もね。

よし！　前世の運命を変えて、生き残れるだけの知識を手に入れよう。

そして、現世でもお披露目式に呼ばれたならば、国王陛下に奏上しよう。

もう、手を放して欲しいって。

それで、ハンナさんにお願いして、ハンナさんの生まれ育った、ダクレール男爵領に連れていってもらうの。お話を聞く限り、一介の庶民として生きていくのだったら、彼《か》の地は……南方辺境領という場所は、素晴らしい御領地なのだもの。

頑張らなきゃ!!

＊＊＊

ハンナさんとの『お勉強』は、順調に進んだわ。

そのお勉強なのだけれど、大公家にある『子供向けの御本』はあらかた読んじゃったのよ。それで暇になった時間は、お茶の淹れ方とか、お裁縫を習ってたの。刺繍《ししゅう》じゃ無いわよ、お裁縫よ。

だって、庶民として生きるには職を得る必要があるじゃない。針と糸は使えても、刺繍《ししゅう》だけじゃ暮らしてはいけないってことくらい判ってるわよ。だからお裁縫。専門の御針子さん達って本当に凄いからね。その下職《したしょく》を手伝うことが出来るようになったら、食べて行けるくらいは稼げるのではないかなって思ったのよ。

お裁縫の勉強をしたいって初めて相談した時、ハンナさんには変な顔をされたわ。

でも、ハンナさんは勉強することは大切だって知ってるから、快く引き受けてくれたんだ。

無理言って本当にゴメンね。

その他にも、初級の錬金術関連の御本があったから、試してみたりもした。

そのために、庭師のボブ爺様にお願いして、薬草になるような草をちょっと分けて貰ったのよ。


——ここでも、変な顔をされたわ。

早速、お部屋で錬金術式を編んでみたのよ。御本に載っていた基本通りに魔方陣を展開して、魔力を流し、上から薬草や瓶などの材料を放り込むと、瓶に入ったポーションがポロッて落ちてくるのよ。

——面白いわよね。


調子に乗って、様々な術式を試してみたんだ。同じ薬草から数種類のポーションが出来るんだよ。

ちなみに、ポーション瓶を作るには、〝土〟を放り込むのよ。お庭にある土塊《つちくれ》をちょっと貰って来てて本当によかったよ。

編み上げた魔方陣を良く調べてみたら、「無」「地」「水」「木」の各属性の魔法が絡み合っていたわ。

そっか、これ【錬成魔法】だけで作るなら、闇か光属性の保持者にしか出来ないのね。基本属性が四属性も必要なんだもの。

だから、錬金術って〝例外的な人〟を除いて『錬金釜』が必須ってことになってるんだ。

錬金釜は属性を補うための魔道具の一種。例えば、「火」の属性を持っていない人が火属性の魔法が含まれた錬金術式を編むには、火属性が付与された錬金釜を媒介にしないといけないの。

そうかぁ、錬金術師が少ないのって、そういう事情もあったのかぁ。

学院の学習室に置いてあった『錬金釜』って、本当に大きかったもんね。

あれじゃ、個人では所持出来ないし、ますます人数が少なくなるわよね。

それにしても、この錬成したポーションって、どのくらいの対価になるんだろう?

ハンナさんにお願いして、一度、大公家御抱えの商家の人に、【鑑定】をして貰ったの。買取価格を聞いて貰ったところ、大体銀貨一枚から、三枚くらいだって……

――そんな程度なのね。

「全部で、銀貨一枚から、三枚ですのね……」

十五本作っても、そのくらいにしかならないのかなって思ってたら……

「お嬢様、違いますよ？　一本あたり銀貨一枚から三枚でお取引出来るそうです」

「えっ？　そうすると、十五本で最低銀貨十五枚？」

「全部お売りになられますと、最低でも銀貨三十枚だそうです。冒険者達の二日分の収入に匹敵します」

「そ、そうなの」

「かなりの品質が認められましたので、是非とも売って欲しいとのことですが、如何いたしましょうか？」

「え、そうね。販売して貰っても構いませんわ」

「承知いたしました。では、代金の方はどうなさいますか？」

「えっと……ハンナさんに預けますわ」

「承知いたしました。では、責任をもって、お預かりいたします」

これって結構凄いことよね。だって、初めてお金を稼いだのよ。

銀貨三十枚……使う当てなんてないし、使おうとも思ってないけれど……でも、嬉しいわよね。

外れの闇属性と言われているけれど、使えるじゃないの。ボブ爺様にまた、薬草を貰いに行こう。

色々と試したいしね！

こうやってハンナさんと一緒に、出来るだけ幅広く生きて行く力を身に付けようとしてたんだよ。

——それに、他にも嬉しいことがあったのよ。

五歳の誕生日にね、叔父様である、ドワイアル大公閣下から『ある提案』をされたんだ。

アンネテーナ様の家庭教師さんの授業に一緒に参加してみないかって。そういう機会があれば、こちらからお願いしたいくらいだったから、願ったり叶ったりよ。

大公閣下、そして、同席させてくれるアンネテーナ様に感謝を。

「ありがとう御座います！」

＊＊＊

そうしてやってきた、授業初日。

満面の笑みで、アンネテーナ様にお礼を申し上げたの。

「アンネテーナ様、同席の許可を頂き、ありがとう御座います！」

「えっ、ええ、いいのよ。一緒に勉強いたしましょう」

あまりに感謝を顕《あら》わにする私に、困惑した様子のアンネテーナ様。

だって、私は、あくまでもオマケな訳じゃない？

全ては純粋な大公閣下の御厚意。……それだけ、気にかけて下さっているという証《あかし》なんだもの。

――愛して下さっているって、微かに感じられたのよ。


それが、どれだけ嬉しいことか。

前世では全く感じられなかった温かみを大公閣下に感じたの。

肝心の授業だけど、知らないことを知るのはとても楽しいわね。

それに、アンネテーナ様と同じ教科書も貰ったの。きっちりと系統立てて、理解しやすい表現で書かれていたおかげで、スルスルと理解出来たわ。前世で苦労したのが嘘みたい。

アンネテーナ様はちょっと、いや、かなり苦戦していたわ。『ファンダリア王国史』や『ファンダリア王国法―基礎論―』なんて、五歳の女の子にはちょっと理解し辛いものね。

先生がお帰りになった後で、アンネテーナ様とお茶もご一緒したの。現世では、初めての『お茶会』ってことになるのかしら。二人で、アンネテーナ様のお部屋で寛《くつろ》いでいたのよ。

それにしてもアンネテーナ様って、お人形みたいに綺麗。ふわりと下ろした金髪が揺れ、空の色に近い青色の瞳がキラキラしているわ。

なんかドキドキしちゃうのよ。

それに、大公家御令嬢としての立ち居振る舞いは、五歳にして完成の域に達しているんだもの。

前世でも、あまりに高貴なアンネテーナ様が嫁されるのは、ファンダリア王家か、他国の王家かって言われてたもんね。確か、最有力候補が、マグノリア王家の第一王子様だったはず。

――『あの女』の、お兄様ってことよね。


うん、よし、距離感は大切。

アンネテーナ様とは仲良くしたいけれど、程々にしよう！

だってもう、二度とリリアンネ殿下と絡むのはごめんだから。庶民である私は、現世では関わりは無くなると思うのだけれど、それでも、万が一ということはあるもの。

「ねぇ、エスカリーナ。私、なんだかよく判らなかったのだけど」

お茶を頂いていたら、アンネテーナ様が話しかけて下さったの。

「アンネテーナ様、ファンダリア王国のなり立ちに御座いますから、難しくても、よく教科書をお読みになった方が宜しいかと存じますわ」

「昔のことなのよ？　そんなの〝今〟は、必要無いのではなくて？」

「いいえ、アンネテーナ様。国史は大変重要な課題となりますわ。そうですね……アンネテーナ様、ご質問が御座います」

アンネテーナ様は、私の言葉に興味を持って下さったみたいなの。

だから、簡単な例え話を通して、国史の重要さを認識して頂きたくなったのよ。

「何かしら？」

「アンネテーナ様が見知らぬ街にお運びになり、道に迷われたとします。従者ともはぐれ、お一人で街中に取り残されたとお考え下さい」

「ええ、それで？」

「アンネテーナ様は行く先は御存知ですが、行く道を知りません。また、御言葉も通じず、道行く者にも道を尋ねることすら出来ません。持ち物は、御菓子少々とお金少々。それと地図です。どうされますか？」

「面白そうね。それは、何かの御伽噺《おしぎばなし》なの？」

「そのようなものです。アンネテーナ様は、広い街中に、たった一人きり。どうなさいますか？」

「そうね、お話ししても言葉が通じないのでは、道を聞くことも出来ないわよね。でも地図があるのでしょう？　地図を見て、自分の居る場所を身振りで教えて貰って、行先を確かめるわ」

国史のお勉強……歴史に『学ぶ』って、つまりはそう言うこと。

聡明なアンネテーナ様なら、すぐに理解して下さるはずよ。勉強に無駄なモノは何一つないわ。それにアンネテーナ様だったら、勉強する理由を理解すればきっと、得るものが大きくなると思うのよ。

「国史は〝その地図〟なんです。先人が試したことが全て書かれているはずのモノ。現在とは多少の違いがあれど、大筋では同じ。国史を学ぶのは、自分の居る場所を知るため。そして、より良い治世という目的地に行くためだと、そう思います」

「貴女、そんなことを考えていたの？」

「ええ、勉強するのは楽しいです。アンネテーナ様と一緒であれば、もっと楽しいです。これからも、宜しくお願いしたいと思いますわ」

「え、ええ、いいわよ。私も頑張るわ。一緒にお勉強いたしましょう!!」

アンネテーナ様の輝く微笑み。なんだか嬉しくなってしまうよね。

しばらくお茶を飲みつつも、先生が教えて下さった国史について、二人でちょこっとおさらいしてたのよ。そうして何杯かのお茶がお腹に消えた頃、お部屋の外が少し騒がしくなった。

ノックと先触れが同時だったわ。

「ミレニアムだ。アンネテーナ、入ってもいいか？」

「はい、お兄様。あぁ、今、エスカリーナも一緒に居ますけれど？」

「邪魔をしたか？」

「「いいえ」」

扉が開き、涼し気な表情をした方が入ってこられた。

そう、アンネテーナ様のお兄様、ミレニアム＝ファウ＝ドワイアル様が。

お兄様といっても、一年も離れていない、アンネテーナ様と歳の近い方なのよ。

前世の私を蔑《さげす》んだ目で睨みつけ、そして、ゴミのように無視なさった、大きなミレニアム様の御姿が、今のミレニアム様に重なるんだ。

今のミレニアム様は私にも優しく微笑んで下さっているのに、前世の記憶って厄介ね。軽く眩暈《めまい》がしたよ。

「いや、まったく、国史の時間だけはどうにも退屈するな！」

私達が座るソファに近寄り、ご自身も腰を下ろしながら紡がれた言葉は、先程アンネテーナ様が口にされたことと同じ。

御兄妹だから、思考もよく似てらっしゃるのよね。

「あら、お兄様。大公家の嫡男が地図も無しに見知らぬ街をお歩きになるつもりですか？」

本当に、アンネテーナ様って頭の回転が速い。さっき私が言ったこと、もう自分のものにされている。歴史を学ぶことは、自分の立ち位置を確認し、より良き治世を目指すためだと、ミレニアム様に諭《さと》されているんだよ。

ミレニアム様も神妙にその御言葉を聞いているんだ。

「そうだな。我が妹ながら、とても聡明だ。肝に銘じよう。我が大公家はファンダリア王国の外交の舵取りを任される家でもあるからな。将来、僕が指針を見失えば、王国が乱れるか。いや、ありがとう。そういう観点から見れば、国史の授業は大変有意義な授業となるな」

「そうよ、お兄様。……ねぇ、エスカリーナ」

「御意に御座います。アンネテーナ様」

流石《さすが》ミレニアム様、本質を理解されるのが早いわ。

ミレニアム様もアンネテーナ様も完璧で、大公家の未来は安泰ね。

これで、私がこの大公家から消えれば、万事上手くいく。庶子たる私は、さっさとどこかに引き籠らないと。ハンナさん、行儀見習いが終わったその時には、男爵領に一緒に連れて行ってくれるかしら。

なんてことを考えながら、御二人の会話を聞きつつお茶を楽しんでいたのよ。

前世では考えられなかった、大公家の皆様とのひと時……

徐々に薄れていく、前世の記憶とその時の感情。今ではもう曖昧《あいまい》なものでしかない。

霧のカーテンの向こう側にあるような感じなの。

でも、決して忘れてはならないと思っているわ。

前世の私は、自分のことを王女だと勘違いし、傲慢《ごうまん》な考えを持っていたの。

大公閣下の庇護がなければ生きていけないと理解しつつも、感謝することなく、〝王家の一員〟として王城に迎えられる日を待っていた。

全て、私の勝手な思い込みだったのにね……

だからこそ、もう同じ間違いを犯さないように、現世の今の状況を心に刻み込んでいるのよ。

――今の私は庶子。身分的には、庶民階層の娘。

このお屋敷で暮らしているのは、大公閣下の御恩情。

とても恵まれていると思うの。

だから、一人で食事を取ることも、使用人さん達に遠巻きにされてしまうことも仕方がない。


――ゴメンね、ハンナさん。


貴女、貧乏籤《びんぼうくじ》を引かされたんだと思うのよ。

でも、私にとって、貴女の存在はとてもとても大事なの。前世の記憶の中にハンナさんは少ししか出てこない。一歳から三歳くらいまでだったかしら。現世ではその期間を過ぎても、ハンナさんは私の側に居てくれている。

しかもメイド長様に付いて、色々と御勉強してくれているみたいなのよ。

「これからもずっと、お嬢様のお側を離れる訳には参りませんので、私もお嬢様に相応《ふさわ》しい侍女になれるよう、メイド長に御教授をお願いしております」

って、なんかとっても凛々《りり》しくも美しい顔でそう言われたんだよ。

私にとってはとっても嬉しいことなんだけど、ハンナさんの将来が少し心配になってきたよ。

そんなこんなで、私は庶民生活に向かって驀進中《まいしんちゅう》なんだ。

仲良くなった、お屋敷の〝腕利き〟さん達……庭師のボブ爺様、馬丁のヘーズさん、ランドリーメイドのエステファンさんにも色々と学んでいるしね。頑張ろう！

私は、前世の私とは違うんだからね！

＊＊＊

そんな風に思っていたのに、秋風が吹く頃、アンネテーナ様がトンデモナイことを言い出したんだ。

「エスカリーナは何故、私達と一緒にお食事をとらないの？　何か、気に入らないことでもあるの？」

ってね。違う、違うわ!!

色んな言い訳が脳裏を過《よぎ》ったのだけれど、アンネテーナ様には通用しそうにないから本当のことを素直に話したんだ。

「アンネテーナ様。私は庶子であります。庶子は貴族籍に御座いません。ファンダリア王国の国民では御座いますが、高貴な大公家の方々と食卓を囲むというのは、身分的にありえませんので、何卒ご容赦の程を」

「なっ、何を言っているの、エスカリーナ!!　貴女が庶子？　どういうことよ！　お父様に聞いてくる！　ここで待っていなさい！　乳姉妹であり、私の従姉妹が庶子だなんて!!」

そう叫ぶように言うと、お部屋を飛び出していかれたのよ。

はて？　私、そんなに変なことを言った？　常識でしょ？

アンネテーナ様が出ていかれて、一人寂しくお茶を飲んでいたの。

彼女が何を言いたかったのかは、なんとなくは判るけれど、私を取り巻く環境は変えられないのよ。お母様の不義密通《ふぎみっつう》の疑惑は、未だ晴れていないし、私に至っては、生まれてこない方が良かったんじゃないかって言われているものね。私だって、そう思うわよ。

でも、私の存在は、お母様の生きた証《あかし》でもあるんだもの。

そう易々《やすやす》と、自分自身を諦められないよ。

せめて、髪の色と目の色が普通だったら良かったのに。

私の群青色《ロイヤルブルー》の瞳は、かなり深い色。色が深ければ深い程、『王家の血』を濃く受け継いでいるって言われているわ。

その上、髪の色は輝くような銀灰色《シルバーグレイ》。王家の血を多くその体内に留め置く人は、瞳の色以外、肌の色から髪の色まで薄くなる傾向にあるんだ。お母様の血をたっぷり浴びた影響か、私は王家の血が、尋常じゃないくらい多い。だから、前世よりも更に色白になっててね。髪なんか、薄ぼんやりだけど、発光してるんじゃないか？　ってくらいなのよ。

月の明るい夜にお庭に出たら、ボブ爺様が口を大きく開けて驚いていたっけ。なんでも、月明かりを受けて身体全体が銀色にぼんやり光っていたって。

それ以来、夜の散歩は厚手の服装を心掛けている。

そんなことを考えていたら、晩餐の前に、大公閣下の執務室に来るようにとお呼出しが掛かったんだ。あぁ～、きっと、アンネテーナ様が大公閣下に何か言ったんだろうなぁ。


——無茶よ。


庶子が大公家の方々と、晩餐を共にする？

いくら、お母様が大公閣下のお姉様であり、私と大公家の方々との間に確かな血の繋がりがあるとしても、それは本当に無茶よ。

それにさ、ポエット＝サーステル＝ドワイアル大公夫人だっていらっしゃるのよ？

社交界で並ぶ者無しの貴婦人って評判の奥様……私がこの大公家に居るということで、社交場で色々言われてしまっている方なのよ？

きっと、私のことは厄介者だと思っているに違いないわよ。

まぁ、本当にそうなんだけどね。

渋々、大公閣下の執務室に向かう。

長い廊下……何重にも防御結界が張られているし、隣を歩くセバスティアン執事長様も心なしか緊張しているのが判るよ。ここはそんな場所だもんね。

見苦しくない身形《みなり》に整えてくれた、ハンナさんには感謝だよ。

大公閣下に会うのも、久しぶりだから、ちょっと緊張するわ。

コンコンコンコン。

「旦那様、エスカリーナお嬢様がお見えで御座います」

「そうか、中に入ってくれ。そうだな、セバスも同席して欲しい」

「はい、旦那様」

セバスティアン執事長様が重厚な扉を開く。

本当にシックで上質なもので溢れた執務室だわ。

素晴らしい調度品を眺めていると、執務机の向こう側から、大公閣下がちょっと不機嫌そうな声を掛けてこられたんだ。

「アンネテーナから聞いた。君が、自身のことをどう思っているのかを」

「はい、大公閣下」

「君は、自身が大公家の籍に無いことを。そして、貴族籍に記載されていないことを理解しているんだね」

「はい」

「そして、詰まるところ、国王陛下から認知されていないことも」

「はい。王国法では、『庶子』として扱われることも承知しております。更に、私のような立場の子供は普通、教会の孤児院に送られることも存じております」

「うむ」

腕を組み、じっくりと私を見ておられる大公閣下。

なんか、いたたまれないね。

大公閣下は、何かこう……深く考えられているみたい。

でも、私は自分の置かれている立場をちゃんと理解していますって、叔父様に判ってもらわないと、不必要な軋轢《あつれき》を生むでしょ？　それは、避けたい。

アンネテーナ様に、私が何かしらの悪い影響を与えるかもしれないと勘違いされるのも嫌だもの。


――よし、言うぞ。頑張って伝えよう。うん、そうしよう。


「大公家にて、暮らしておりますのは、ひとえに大公閣下の『御恩情』と、弁《わきま》えておりますわ」

「私の『恩情』というのは、どういうことなのか、教えて欲しいのだが？」

「はい。本来ならば私は、孤児院、もしくは修道院に入るべき立場。このお屋敷で暮らしておりますことから、非難の声、そして王家より『不審の目』が、大公閣下に向けられているであろうことは、存じ上げております。こういった状況の中、今なお私を邸内にて養育して下さっているのは、ひとえに、亡きお母様の実子という事実故だと愚考しております」

「では君に聞くが、王家、王城の者達より私が咎《とが》めを言い渡されておらぬのは、何故だと思う？」

キラリと大公閣下の瞳に光が翻《ひるがえ》る。

その眼光は鋭く、どこまで私が自身の立場を理解しているのかを問うようにも見えたの。だから、私は自身の考えを忌憚《きたん》なく言うことが何よりも大公閣下に対して誠実だと思ったの。

「はい、私の特徴的な外見とお母様の御立場、そして、貴族様方の間における、何かしらの力関係のためで御座いましょうか。国王陛下の認知は頂けていないものの、明らかに王族関係者の落胤《らくいん》と思《おぼ》しき私は、ある意味『使える駒』と目されているのではと、そう愚考いたします」

ふっと、息を漏らされる大公閣下。

「良く見える目を持っているのだな。アンネテーナの家庭教師からも、絶賛されているだけのことはある。……エスカリーナ。もう少し待っては貰えないか？」

「何をお待ち申し上げるのでしょうか？」

「君は今、六歳だ。あと二年。八歳になれば、陛下に『お目見え』することが出来るだろう。君は貴族籍に無いが、私達と共に王城に招かれるよう私が手配する。その時王家の対応如何で、君の処遇が決まる」

「左様に御座いますか」

「あぁ、そうなのだよ。ただし、それまでの二年間。籍のことは度外視して、どうであろうか、私達を家族とは思ってくれぬか？」

「えっ？　そ、それは」

何を言い出すの？　大公閣下？

相反する締め付けるような想いが、私の心を縛るの。

指先すらも動かせなくなるような緊張の中、大公閣下は言葉を紡がれる。

「幼い君を屋敷から出すこともなく、幽閉がごとき状況に追い込んで、何かと心労をかけている。それを、ただ黙って受け入れている君があまりに不憫《ふびん》だ。アンネテーナも君のことを案じている。どうだろうか」

「……勿体なく」

「よいね、君は誰がなんといっても、この大公家の娘だ。私はずっとそう思い続けている。あまりに深い事情から、表には出すことは出来ないが、せめて邸内、家族の間だけでも君を我が娘として扱いたい」

いや、それはどうかと思うよ。ありがたい申し出ではあるけれど、でも……

たとえこの邸内だけのこととはいえ、大公家の御連枝の方々や、出入りの商人さん達とか、ミレニアム様、アンネテーナ様のお友達もいらっしゃるんだし……

それに、奥様のポエット様は、度々、私的なお茶会を開いてらっしゃると聞いているわ。

ぽろっとでも、そんな中に私が姿を見せてしまったら、大変なことにならない？

ちょっと、考える時間が欲しい……けど……ダメよね、即答を求められているのよ。

「あ、ありがとう御座います。そのお心に適うように」

「うむ、ではこの後、妻とも話して欲しい。アレも君のことを気にしていたのでな」

うわぁ、ポエット奥様の所にも連れて行かれるの～！

い、嫌だ！　お部屋に帰りたいよ～。

＊　＊　＊

これまた、長い長い廊下を歩いてポエット奥様のもとに向かった。

今度もまた、セバスティアン執事長様に連れていってもらったよ。

「奥様、エスカリーナお嬢様がお見えになりました」

「入って頂戴」

凛とした、綺麗な澄んだ御声がする。聞く人によっては冷たさを感じるであろうその御声だけど、私にはとても優しく聞こえるの。

ポエット奥様は大公家の奥向きを一手に引き受けて、更には、大公閣下のお仕事のお手伝いまでされているのよ。

王家主催のパーティーでは、ほぼ独壇場なのよね。各国の大使さん達とも誼《よしみ》を通じているし、その他にも豪商の人達も、奥様には頭が上がらないって聞いたことがあるんだ。とっても凄い人ってことよね。

「エスカリーナ、参りました」

「いらっしゃい。初めてね、私の私室に来たのは」

「はい。畏れ多く、御側に参りますこともご遠慮申し上げておりました」

「まぁ、気にせずともよいのに。御座りなさい。飲み物は紅茶でいいかしら？」

「勿体なく」

豪華なソファに腰を下ろし、奥様と正対する。

なんだか、とっても緊張するわ。どうしようか……

奥様は興味深げに、何かとても懐かしいものを見るような目をされててね。ちょっと、判らないわ。何故そんな優しい目で私を見ているのかが。

そして奥様は、おもむろに、言葉を紡ぎ出されたのよ。

「エスカリーナ、貴女は自分を『庶子』だと思っていたのですか？」

「はい、奥様」

「なんてことなの！　貴女がそんな風に思っていたとは、思いもよりませんでした」

奥様の御顔に驚愕の表情が浮かんだ。

アンネテーナ様や、大公閣下からお聞きになっていたと思うんだけど、信じていなかったってところかしら。

「私は誰にも認知されておりませんので……どのような事情があろうと、庶子であることは、必然と思っております」

「貴女にそんな思いをさせていたなんて！　いいですか、貴女はあの優しく誇り高いエリザベート様の娘御。そして、私達ドワイアル大公家の娘。陛下や、他の貴族達がなんと言っても、その事実は変わりありません。お姉様の娘なれば、私の娘も一緒。アンネテーナに言われるまで、貴女がそんな風に考えていたなんて、思ってみませんでした。貴女は貴女自身を、王家の血を深く受け継ぐ尊き者だと思っていると……そのことを、生きる拠り所としていると……そう思っておりました。違うのですね」

「はい、奥様。私は、そのようなことは一切考えておりません」

前世ならいざ知らず、生まれ直した今なら、そんなこと微塵《みじん》も思う訳ないわ。

「判りました。貴女の処遇については、我が家だけではどうにも出来ないけれど……私は、貴女を娘と思います。ええ、誰がなんといっても、貴女は私達の娘なのですよ！　これからは、もっとよくお話をしましょう。なんでも良いのよ？」

「奥様……」

「そんな呼び方は聞きたくありません。儚《はかな》くなってしまった、エリザベート様にお許しが頂けるのならば、叶うならば、私のことは『お母様』とお呼びなさい。事情が事情だけに、邸内だけで許されることですが、私はそう望みます」

そう言って、とっても、優しく微笑んで下さった。

そのお気持ちが、とても、とても、嬉しく、心が温かくなったんだ。なんでも、相談していいって、お母様とお呼びしていいって。なんだか、視界が滲《にじ》んじゃうよ。本当に嬉しい……

「お、お母様……」

「エスカリーナ、今宵から晩餐は共にしますからね。私が主催する内輪のお茶会にも出て貰うわ。貴女と一緒ならアンネテーナも嫌とは言わないわ。アンネテーナの教育にも良きことなのよ。貴女なら判るでしょう？」

アンネテーナ様って、公式なお茶会があんまり好きじゃないみたい。

そうね、うん、判った。アンネテーナ様のためにも、私、頑張るよ。礼法をもう一回勉強し直さなきゃね。

＊　＊　＊

その晩の晩餐から、私も大公家の人達とお食事を共にすることになったのよ。

アンネテーナ様は、とても喜んでくれたわね。ミレニアム様はまぁ、相変わらずのポーカーフェイスだけど、嫌そうでは無かったよ。家族の団欒《だんらん》に少しだけ交ぜて貰った感じだった。

どんな豪華な食事でも一人では味気ない。
反対に、黒パン一つと、薄いスープだけでも、家族と一緒なら御馳走になるんだ。
その夜の晩餐は、生まれ変わってから、一番おいしいお食事だったよ。

＊　＊　＊

それからの二年は、アンネテーナ様と一緒に勉強したり、遊んだり、奥様に招かれてお茶会に出席したりして、過ごしたんだ。使用人さん達とも仲良く出来たし、色んなことを教えて貰ったり充実していた。

——充実し過ぎて、怖いくらいだった。

でもね、それでもやっぱり……

——ここに私が居ちゃいけないって、思うんだよ。

私が居ることで、大公閣下、ポエット奥様、ミレニアム様、それにアンネテーナ様にご迷惑が掛かるんだ。

奥様のお茶会で、身内の人しか居ない中でも、やっぱりそれとなく漏れ聞こえる言葉があるんだよ。

大公家にあだなす『忌み子』の癖にって。

どうやったって、このことだけは覆《くつがえ》せない。

私の存在は大公家の方々のお立場を悪くする。だからね、決めたんだ。

八歳の『お披露目式』、きっと私も出席を求められる。

大公閣下も、以前そのように仰っていたものね。

だから、その席でハッキリさせようと思うのよ。

あの場では、お披露目を受ける高位貴族の子供達が、直接国王陛下と言葉を交わせるんだ。

そして、陛下から望むものを下賜される。ある者は将来の役職を、ある者は財貨を。


――私が望むのは、私の立場の明確化。それと、お母様の名誉回復。


陛下が私のことを自身の子供と認めなくてもいい。

でも、あれだけ愛し、御側に立つために努力を重ねられたお母様の名誉は回復させて欲しい。

たとえ、私がドワイアル大公家にいられなくなったとしてもね。

公式の場で、誰もが納得出来る形にする。
私が市井《しせい》に暮らすことになったとしても、その方がいい。私にとっても、前世のあの忌まわしい出来事から逃れられるんだし。

——だから、もう決めたの。〝家族〟のためにも。私自身のためにも。

本当に、皆さんありがとう。大公閣下の御恩情は、決して忘れません。
そんな決意を胸に、八歳の誕生日を迎えたんだ。

＊　＊　＊

そして……やっぱり、来たんだよ。お披露目に私を伴うよう記載された、招待状がね。
国王陛下からの『高位貴族子弟のお披露目会』への招待状。
本当ならばとても、名誉なことなんだよね。
けれど、今の私には迷惑以外の何物でもない。そんな『お披露目』に出たくもない。

——前世の記憶ではね。

会場では、『不義《ふぎ》の子』という囁《ささや》きがあちらこちらで聞こえ、更にドワイアル大公家の皆様もどこかよそよそしかった。そんな中で私は精一杯おしゃれして、国王陛下の前で猫を被って、深窓の令嬢たらんと努力したんだ。

そこで問われるのは「お披露目の祝いに、何を望む？」というお言葉。

私はその時、考えていた言葉を吐き出したんだ。

「何もいりません。陛下の御心のままに」

そう、何かを要求するということは、こちらの『選択』でしかない。その『選択』をそのまま陛下にお返ししたの。陛下が私に何を下さるか……ただひたすら御言葉を待っていたわ。

何かを考えている陛下の横に佇《たたず》むのは、マクシミリアン＝デノン＝ファンダリアーナ殿下。政変が起こった隣国の王子にして、王家外戚。そして、王姉の一人息子。

――私と同じ、いわば居候の身。

親近感を抱くと同時に、その美しい顔と寂し気な表情に心を奪われた。

そして、国王陛下からの私への『贈り物』は、彼の婚約者として私を擁立《ようりつ》するというものだった。身分は、『高貴な血を受け継ぐ』ドワイアル大公家の養い娘として。

そこからは、彼の側に立てるように必死に勉強した。万が一彼が本国に帰り、その頭上に冠を戴くようなことになれば、私は王妃となる。

だから、王家の方でも私に王妃教育を施したんだ。

でも、それはとてもつらく苦しい道程だった。王妃教育は、私の子供らしい感情を削ぎ落とし、表情を奪ったの。


――重圧に押し潰されそうになる中、唯一の光は、彼の笑顔だった。


あまりお会いする機会が無く、たとえ会えたとしても極《ごく》限られた時間しか許されなかった。私にとっての至極の時間はあまりに短かった。十分にお話も出来ず、教育官が周囲を固める状況では、喜びを表情に出すことも出来ず……

故に、彼は私から興味を失ったのかもしれない。

恋焦がれても、状況が許さなかった。彼と会えるのは、〝王宮の最奥〟なのだから。

社交という魔物が行き交うその場所で、王妃教育の賜物である、儀礼の鎧を脱ぎ捨てるのは、私にとっては死活問題になる。ただでさえ『不義《ふぎ》の子』と呼ばれる私。ちょっとした失敗でも、歯を見せて笑っただけでも、人々に叩かれてしまうんだもの。


――思い出しただけでも、吐き気がしてくる。

絶対に、絶対に、前世と同じことは繰り返さない。

ドワイアル大公閣下もポエット奥様もとても良くして下さる。現世の私のことを『娘』と言って下さった。何より、アンネテーナ様は私を姉妹と呼び、仲良くして下さっている。

前世では考えられないくらい、幸せなのよ。

だから、余計に強く思ってしまう。

こんなに良くして下さっている大公家の方々のご迷惑になりたくないって。

お披露目式には高位貴族の方々がたくさん来られるわ。

そんな中私が姿を現したらなんて言われることか。

この容姿から、王家に繋がる使える駒として捉えられるか、もしくは、ただ『不義《ふぎ》の子』『忌み子』として蔑《さげす》まれるか。

どちらにせよ、私の存在は大公家の方々にとって害としかならないんだよ。

そして、何よりもアンネテーナ様。

私と一緒に居るだけで、ただそれだけで、社交界での彼女の評価が下がる。まして、私を庇《かば》おうものなら、どのような状況に追い込まれるかは火を見るよりも明らかだわ。

嫌よ。大好きなアンネテーナ様が私のせいで泣くことになったら……

それと、もう一つ。

私にとってとても重要な、お母様のこと。不義密通《ふぎみっつう》の嫌疑を掛けられ、自らの手によってお亡くなりになったお母様。

亡くなってから八年も経つのに、嫌疑はそのまま。王家の墳墓に入ることも許されず、ドワイアル大公家の墳墓に埋葬することも許されず、今も聖堂教会の王都大聖堂地下墓地の霊安所に、その亡骸を横たえてらっしゃるのよ。


――酷いと思う。誰も、死んだ人のことを思い出さないのかしら！


だからね、どうにかしてお母様の潔白を証明出来ないかと、今は封鎖されている、かつて、お母様と一緒に暮らしていたお部屋に忍び込んで、色々と確認してみたんだけれど……

その部屋にあったのは国王陛下への思慕《しぼ》と愛情の欠片ばかりだったの。

本当に愛しておられたんだと、今更ながらに見せ付けられたわ。

でも、そんな中で、見つけたの。

お母様ご自身が綴《つづ》った、個人的な日記帳を。

お母様の流麗な文章で、去りし日の出来事の数々が克明に書かれていたのよ。

その中に、ちょっと、驚くようなことがあったの。

それは、お母様が、国王陛下とのご婚約を宣せられた日のことだったんだ。

先代の国王様は、貴族間のバランスを考えて、お母様をガンクータス殿下……現国王陛下のお相手に選ばれたそうね。

謁見の間から、お母様一人、陛下の私室に通された時のこと。婚約者と宣下されてから、初めてのご歓談。

普通なら、〝これから、よろしくね〟って、ところでしょ？

でも違った。お母様にとって、とっても辛い言葉を陛下は紡がれたんだ。

「君との婚姻は『白き結婚』とする」

ってね。つまりは、妃とするけど、妻にはしないよってこと。

残念なことに陛下には想い人がいらっしゃったの。その上お母様は、色んな約束事をさせられたって……妃としてやるべきこと、政務、社交、外交、その他諸々は全て十全に行うこと。

そして、希望を抱かぬこと。更に、五年間の結婚の後に、離縁するであろうこと……

そんなことを、陛下から直接言われたと、日記には書かれていたんだ。

振り向いて下さるように。私に出来ることなら、なんでもしましょう。私の『愛』を貴方に。って、最後に書いてあったよ。

『愛』かぁ……

一心に愛を捧げた相手からの拒絶。

どうやって私が生まれたのかは知らないけれど、お母様と陛下の間で何かの取引があったのかなぁ？

でも、『白き結婚』の事実を知る者がいたから……

お母様の不義密通《ふぎみっつう》が、疑われたんだよね。

きっと、産まれた私の容姿を見て慌てただろうね。陛下と、関係諸氏は。

それに、この『白き結婚』というものも、公《おおやけ》にはなってないんだよ。

単に、お母様に『不義密通《ふぎみっつう》の疑義《ぎぎ》がある』ってだけで、王宮から放り出されてたって感じなんだもの。

王家が、お母様に死を命じられなかったのは、ドワイアル大公家の絶大な影響力が、いかな王家であっても無視出来なかったから……

王宮に出仕している貴族の間では、そう認識されているって、日記には綴《つづ》られていたわ。


――でも、本当の所は違ったの。

国王陛下は婚約当初の約束通り、『白き結婚』の期間が過ぎたから、お母様を王城から放り出しただけだったのよ。多分、時期を見て正式に離婚するつもりだったんじゃないかな。

――その前にお母様は自ら命を絶たれたんだけれどね。

そう、お前はもう、王妃ではないって言われる前に。国王陛下の妃で居られるうちにね。それ程の愛だったんだよ。でも、陛下と王家は、その愛にすら背を向けたんだ。だから。

だからね、決めたんだ。

私から、捨ててやるってね。

＊　＊　＊

国王陛下からの招待状が届いた当日。

晩餐の後の、ゆったりとした時間だったわ。

珍しく大公閣下が、ご家族と私を執務室に呼ばれたのよ。

重厚で豪華な閣下の執務室。用意されていた椅子に皆が座ると、閣下がおもむろに王家の封蝋《ふうろう》が付いている書状を取り出したんだよ。

ポエット奥様がにこやかに私達を見ている。そうだね、ポエット奥様もこの日を指折り数えて待っていたもんね。ご自身のお子様が、国王陛下に初めて御目通りするその日をね。

「王家より、我が家の大切な子供達のお披露目をするようにとのご招待状を頂いた。今日よりひと月後。夜月《よるつき》、第一安息日に御城に上がる。いいね」

「はい！　お父様！」

元気よく、ミレニアム様がそう御答えになる。

私と、アンネテーナ様は微笑みながら頷く。私は内心嫌々だけどね。にこやかな大公閣下の御顔。どこか誇らしげに見えるわ。そうね、元気に素直に育っている、自慢の御子息と御令嬢ですものね。

そして、大公閣下が私達に問いかけたのよ。

「お披露目の際、国王陛下より直接お言葉が頂ける。心するように。そしてお披露目のお祝いに、王家より贈り物が下賜される。希望を奏上して良いことになっているが、ミレニアム。君なら、何を望むかな？」

「はい、将来、お父様と同じお仕事に就きたいとお願いしようと思います！　お父様の後を継ぎ、この国の外交を担いたいとそう奏上いたします！」

「うむ。良いな。アンネテーナはどうする？」

「はい、私は、良き伴侶をと奏上したく」

「うむ、そうか。真摯《しんし》にお願いすれば、叶うやもしれぬな。……特例ではあるが、エスカリーナにも王城より許可が下りた。さぁ、エスカリーナ、君は何を望む？」

本当の望みはここでは言えないけれど……一応は言わないとね。

だから、そうね無難に……

「この国の民に安寧《あんねい》をもたらす施政《しせい》をお願い申し上げます。小さき私が望むべきものでは無いでしょうが、私の望みはそのことに尽きます」

「君自身の望みなのか？」

「はい。民が、この国に住まう者、全てが笑って暮らせる、そんな未来を望みます」

訝《いぶか》しげに私を見る大公閣下。ポエット奥様もちょっと不安な表情を浮かべている。アンネテーナ様は目を見開いて、私を見てるし、ミレニアム様はというとご機嫌斜めね。

「いや、君がそう望むなら、よい。奏上しなさい」

「はい」

「では、皆、いいか。あとひと月だ。準備を怠《おこた》ることの無いように。王城での一挙手一投足《いっきょしゅいっとうそく》は、我が家の品格を表すものだ。期待しているぞ」

大公閣下からの御言葉を受けた後。先にミレニアム様と、アンネテーナ様がお部屋を出られた。

二人の姿が遠ざかったことを確認してから、ゆっくりと振り返るんだ。

「ん？　どうした？　エスカリーナ」

私を見詰める大公閣下。

「大公閣下に折り入ってお話が御座います。お時間を頂けないでしょうか？」

「……お披露目の件だね」

「はい、奏上について、私の本当のお願いをお知らせしたく」

「本当の願いか……やはり、そうか。それで、何を望むのだね？」

「口にすると私は、この御邸、いえ、ドワイアル大公家には居られなくなるでしょう。が、しかし、真にお願いしたいことが御座います」

執務室を沈黙が覆う。先程よりも、もっと不安気なポエット奥様。

――でも、もう、決めたことだもの。

お母様の名誉を回復するためにも。お母様が、安らかな眠りに就くためにも。必要なことなのよ。

けれども、説得は難航したわ。

本当に、叔父様もポエット奥様もなかなか納得してくれなかったわ。私の翻意《ほんい》を促してくるのよ。

大公家の養女としての申請準備は出来ているとか、国務大臣である、ニトルベイン大公閣下にも、話は通してあるとか。国王陛下もすでに、その方向で承諾して頂いているとか……

あと……お母様の名誉はある程度、回復しているとか。

ほら、私が王城に呼ばれてたのも、その結果なんだとね。

ニトルベイン大公閣下がお調べになり、お母様への疑いは謂《いわ》れない中傷であったと、証されたとね。

まさに、前世と同じだったわ。

そうは、言われたってね。結局は、私の父親が誰なのかは、明らかになっていない。

お母様の日記には、国王陛下のことしか綴《つづ》られていないけれど……

国王陛下は『白き結婚』を全うされたおつもりなのだから、たとえ心当たりがあろうとも、私のことを娘とは呼ばないよね。

結局は、お母様の身の潔白はうやむやになり、引き続き、私は『不義《ふぎ》の子』と呼ばれ続けるのよ。

そして、こんな風に中途半端にお母様の名誉が回復されたってことは……私に利用価値を見出した人が居るってこと。だって、そうじゃないと今更な話じゃない。

それが、誰なのか……やっと、理解出来た。

国務大臣、ブロンクス＝グラリオン＝ニトルベイン大公閣下。

そして、宰相である、ケーニス＝アレス＝ノリステン公爵閣下も動かれたのでしょう。

全ては、私の特徴的な容姿のせい。国王陛下の娘として、私を捉えたのね。

……この国の王家の方々は、皆様恋愛結婚をされているんだ。仲睦まじく、その上子沢山。側妃の必要もなかった。ファンダリア王国拡張期はそれで良かったわ。戦をして、欲しいものは力ずくで奪いとるのが普通だった。

でもね、時を経て、王国は平和になり。戦で得た領土を勲功ある臣下に下げ渡し、統治させ、税を納めさせる。そんな時代は過ぎ去ってしまったんだ。

武でもって押さえつけるのではなく、血族関係を結ぶことで、王家と臣下を繋ぎ、ファンダリア王国の盤石を図る。

それが、今の時代の考え方ね。

……王家には王女殿下がお二人居られるわ。でも、まだお小さい上に、陛下は溺愛されているの。愛しい姫君には、自分と同じように好きな方と添い遂げて欲しいと、そう国王陛下は周囲に話されているわ。

それに加えて、国王陛下には男の御兄弟がおられない。

つまりは、手駒が不足しているってこと。『不義《ふぎ》の子』とはいえ、王家の血筋の者であろうと予測される私は、丁度良い手駒ともいえるわ。

そう、私を王家の手駒として囲い込むために、ニトルベイン大公閣下が動かれた。

ドワイアル大公閣下は、その動きを利用して、私を大公家の正式な家族として迎えようとされている。普通ならば、権威ある大公家が『庶子』を養子にするなど認められることではないわ。

でも、私にドワイアル大公家の養女という立場があった方が、駒としての価値はあがる。

ドワイアル大公閣下とニトルベイン大公閣下の駆け引きが感じられるわ。

でもね、そこには私の心は無いの。

ええ、誰も私の心を慮《おもんぱか》っては下さらなかった。

誰も彼も、忘れている。私がどれ程、お母様を大切に想っているかを。

愛する人に離縁を言い渡され、誰にも望まれない子を孕《はら》んでしまったお母様の心中を察すると、胸が張り裂けそうになったわ。

それでも、お母様は私を愛して下さった。〝生きよ〟と望んで下さったのよ。

だから、どんな思惑や謀《はかりごと》があろうとも、私は強く望むの。

――お母様の名誉の完全なる回復を奏上するのよ。


叔父様とポエット奥様の説得には時間がかかったわ。なかなか、納得してもらえなくってね。

「何故君が、そこまでする必要があるんだ？」

「そうよ、貴女はまだ八歳なのよ？　旦那様も貴女を正式に養女にと、そうお心を決められているの。それをどうして？」

そうよね。だって、お母様の名誉が完全に回復することは、私の立場も明確になってしまうということ。

王家の一員と認められたとしても、王家とは関係のないただの庶子ということになっても、もうドワイアル大公家にはいられなくなる。

私のことを愛して下さるからこそ、奏上することを反対されているのね。

でもお二人は、お母様の日記の存在を知らない。だから、お母様と国王陛下の間にあった〝例の約束〟のことも、知らない。

お母様が、白き結婚については家族にも誰にも知らせなかったと、日記に書いてあったんだもの。

〝絶対に、私の愛で、愛しいあの方を振り向かせる。今、この話が明らかにされてしまうと、殿下との未来は遠のいてしまう。苦しい……でも、誰にも言えない。言ってはいけないの。いずれ訪れるはずの、『幸せの時』のためには……〟

はぁ、どうしようか。

お母様のお気持ちは尊重したいけど、白き結婚の事実を伝えないと納得してもらえないだろうね。

「姉上の名誉を回復したいという君の願いは、私の願いでもある。が、しかし、その深意は何かな？　そのことを願い出れば、君の立場は大きく変わるかもしれない。君は、ドワイアル大公家の娘として生きることを厭《いと》うのか？」

「いいえ、違います。厭《いと》うはずありませんわ。ですが、結局のところ私は庶民。庶民の私が、大公家の方々と一緒に居るなど、ドワイアル大公家の不面目にほかなりません」

「だから、君を養女にとお願いするのだ」

「あらぬ疑いを、貴族の方々に植え付けますわ、大公閣下。有難い思し召《おぼめ》しでは御座いますが、私を養女として迎え入れると、何かしらの野心を疑われます。大公閣下の御意思がどこにあるかにも関わらずです。だって私は、このような容姿ですもの。私、そのようなこと、耐えられません。これ程までに愛して頂いている皆様に、これ以上ご迷惑をおかけするようなことは、エリザベートお母様にも、面目が立ちません。私は自分の身分をあるべきところに戻したいだけなのです」

「それ程までか」

怒りのためか、それとも、別の感情が支配しているのか、大公閣下の御顔が赤くなっているんだ。反対にポエット奥様は、真っ青の顔色になってるのよ。本当はね、ポエットお母様！　って、駆け寄って抱きしめたいんだけど、そうすることは、出来ない。

「エスカリーナ。それ程までに、言うのならば、何かしらの策はあるのだろうか。ただ、姉上の名誉を回復したいと願い出たところで、簡単には認められないのだぞ」

何かを決意したかのような表情で口を開いた叔父様。

「はい、御座います」

「聞かせて貰いたい」

「……国王陛下と、お母様の間には、秘された約束事が御座います」

「それは、どういったものなのだ？」

切り札を出す時が来たかもね。

多分、ここが勝負どころ。息を詰め、大公閣下を見詰め、そして言葉を紡ぎ出すんだ。

「お母様の、日記が御座います。その中に、国王陛下とのご結婚は、『白き結婚』であったとありました」

「な、なに！」

叔父様とポエット奥様は凄く驚いていた。ポエット奥様は声も出ない程。

「後程、その日記は持って参ります。お検《あらた》め下さい。先に申しますが、お母様の自死は、王妃として命を全うしたかったからだと思われます。少なくとも、私はそう思いました。しかし、それを慮《おもんぱか》っては、お母様の魂は永遠に平穏な眠りに就けません。お母様を、ドワイアル大公家の墳墓にて、安らかに眠らせてあげたいのです。お母様がこの御邸に帰って来たのは、『白き結婚』の任を全うしたため。そして私は、お母様がその責務を全うした後、真に愛する方との間に出来た子……『不義《ふぎ》の子』『忌み子』ではありません。残念なことに、私の父のことについては何も触れられてはおりませんが」

「……王家は、国王陛下はそれ程までに、我が家を貶《おとし》めるか」

「国王陛下は、先代、先々代と同じく、真に愛する方以外を妻にしたくは無かったのでしょう。……巡り合わせが悪かったのです」

「そうか……それならば、仕方ないか」

よし、叔父様は私の『お願い』を認めて下さったってことだよね！

こんなこと奏上したら、確実に貴族の世界から放り出される。

うん。いいよ。そうすれば、大公家に迷惑をかけることもない。

それにもう、悲惨な未来を見なくてもいい。

私は、私であって、前世の私とは違うんだから。

＊＊＊

それからの一ヶ月。

ポエット奥様は、今まで以上に私を甘やかしてくれた。大公閣下も御邸を出た後の私の行く末を心配して、色んな手を使って下さった。

やっぱり、というか、さもありなんというか、私の行く先は、ダクレール男爵領になったのよ。大公閣下が以前お助けした、男爵閣下が治める地。ハンナさんの御実家。

……私の身分は庶民になるから、これからは、ハンナさん付の侍女かな？

そんなことをハンナさんに言ってみたら、凄い剣幕で反論されたの。

「ご、御冗談もたいがいになさいませ！　大公閣下からも言いつかっております。お嬢様は、大切な御方。男爵領では、この御邸程贅は尽くせませんが、なんとしても！」

「ハンナさん。私は庶民になるのですよ？　貴女は、男爵令嬢でしょう？　身分的には、貴女が『お嬢様』になるのよ？」

「お嬢様!!　ダメです、そんなこと、ダメに決まっています！　誰が許そうとも、私が許せません！　ダクレール領に下がることは仕方ないと、諦めます。お嬢様の希望なのですから。でも、エスカリーナお嬢様は、エスカリーナお嬢様です。今までも、これからも!!」

「……ハンナさん、本当にありがとう。では、ダクレール男爵家に、暫《しばら》く御厄介になります。よろしくね。あちらでの暮らし、楽しみにしているの」

「お、お嬢様!!」

なんだか、とっても泣かれているんだけど、大公家を出て完全な庶民になるって、そんなに酷いことかな。牛曳《うしびき》の刑で八つ裂きになって、魔狼に食べられる未来と比べたら、それこそ、希望に満ち溢れているよ。

ねぇ、ハンナさん、聞いて。

ダクレール男爵領に行ってね、私はね……

——私を取り戻すんだよ。

＊　＊　＊

王城へと向かう、一週間前。

大公閣下が、私とミレニアム様、アンネテーナ様を御邸の一室に呼んだのよ。

そのお部屋は、ちょっとした集まりなんかに使う部屋なんだけど、そこにあったのは、王城コンクエストムに伺候《しこう》するための素敵な正装が三つ。トルソーにかかっていたわ。

「王城伺候《しこう》に際し、君達に用意した。以前採寸をした時に注文したものが、やっと出来上がってきた。他の家も相当に力を入れていて、テーラーも手一杯だったらしいが。どうだね？」

「凄いです！　父上!!」

「なんて素敵なんでしょう!!」

ミレニアム様、アンネテーナ様は、とてもお喜びになっている。王城へ伺候《しこう》するならば、まして、大公家の後継、御令嬢として登城するならば、最高の装いが必要だものね。

……でも、私まで？

いいの？　本当に、いいの？

「エスカリーナは、喜ばないのかい？」

「い、いえ、閣下、私にも頂けるのですか？　このような素敵なドレスを？」

「そうだよ。君もドワイアル大公家の娘だ。陛下からの招待状もある。どうだい？」

「素敵です！　薄いピンクのドレスなんて……私には勿体ないくらいです！」

「ははは、気に入って貰えたようだね。明日、皆で試着をしよう。今日はポエットが居ない。この装束を纏《まと》った姿は、あれに最初に見せないとね」

「「はい！」」

本当に綺麗なドレスだったよ。アレを着ることが出来るんだ。なんだか、心が浮き立つよね。

その後は、マナーのおさらいの授業を受けて、それから、アンネテーナ様とお茶をしていたの。

アンネテーナ様は、王城のこととか誰が来られるのかとか、そんなことを目をキラキラとさせて話されていた。その時にふと……

——前世の記憶が浮かび上がったのよ。

前世ではお披露目の時に着たドレスは、アレじゃ無かったのよ。アンネテーナ様から貸してもらった蒼いドレスだったの。

前世でも大公閣下は私を気に掛けて、出来る限り実子と同じように育てようとされていたはず。

どうしてアンネテーナ様にドレスをお借りしたんだっけ？

霧のカーテンの向こう側にある、ぼんやりとした記憶の中にある光景が浮かんだ。

そう、誂《あつら》えて貰った私のドレスに、べっとりとお茶の染みが広がっていたの。

手の施しようが無いくらいに汚れていて、傍らにあった、ドレスとセットの白手袋が紅茶色に染まっていた。

——あぁ、そうだった。

今、思い出したよ。ドレスを汚したのは、ミレニアム様だ。

そして、私がそのことをネチネチ苛《さいな》んだからこそ、ミレニアム様は私を敵視するようになったんだ。

確かあの時、ミレニアム様はもう一度出来上がった服を見ようと、こっそりとあのお部屋に向かったのよ。丁度、お茶の時間で、手にカップを持ったまま。

私は、偶然あのお部屋の前を通りかかって、薄《うっす》ら開いている扉を不思議に思い、声を掛けちゃったの。そうしたら、ミレニアム様は驚いて、手に持った紅茶を私のドレスに零しちゃったんだよ。

驚愕に目を見開いた、ミレニアム様。慌てて近くにあった、手袋で拭いたんだっけか。

はぁ無いね。ありえないよ。それでも、粗相をしたことを隠したくて、私に〝黙ってろよ！〟って言いながらお部屋を出られたんだっけ。

前世の私は、変に悪知恵が働いてね。ミレニアム様の失敗を黙っていたんだよ。

そうすれば、ミレニアム様の弱みを握り、色々とお願い出来るって思ったのよ。

確か……そう、ミレニアム様を私のお部屋に呼び出してね、傲慢《ごうまん》に、驕慢《きょうまん》に、言ってのけたのよ。

〝王女たる私の装いをこのように無様な有様にして、どのように詫びるおつもりなのです!!　臣としてどのように償うのです!!　大事なお披露目の日を台無しにしてしまったんですもの、これからはなんでも言うことをきいて下さいまし！　さすれば、この度のことは誰にも言わず不問にいたしますわ。でも、お判り？　もし、私に逆らうならば、王女に働いた不敬を、然るべき方に奏上申し上げましてよ!!〟

なんてね。

そんなことを言ってしまったものだから、ミレニアム様はそれ以降、表面上は唯々《いい》諾々《だくだく》。腹の底では、復讐の機会を窺《うかが》っている感じで、私を憎まれていたの。

彼を通して、大公家の威光を振り回していた前世の私。怖いものなど、無かったわ。

だって、後始末はいつもミレニアム様がして下さっていたのですからね。

そして、それを当然と思い込んでいたのよ。

前世の私の悪行の、最大の協力者にして、裏切り者。証拠をしっかりと集めたミレニアム様は、マクシミリアン殿下に陰ながら奏上されていたのよね。

だからこそ、マクシミリアン殿下の御心が、私から離れていったともいえるの。

現世では、そんなことをしない。

今、あのお部屋にはミレニアム様がいらっしゃるのかもしれないけれど、私が声を掛けなければあんなことにはならないはず。だから、このままゆっくりとアンネテーナ様とのお茶会を楽しもうと思うの。

でも……そんな私を嘲笑《あざわら》うが如く、運命は私に判断を迫って来るのよ。

「ねぇ、エスカリーナ。もう一度、ドレスを見に行きませんこと？　あんな素敵なドレスを着ることが出来るなんて、夢みたい」

アンネテーナ様が突然切り出されたの。

「えっ、で、でも、奥様がまだお帰りになっていないし」

「お母様はお許しになられるわ。見るだけですもの。あの素敵なドレスを着られるなんて、本当にドキドキするわ。エスカリーナもそうでしょ?」

「ええ、そうですね。とても楽しみです。明日、着ることが出来るんですもの。今夜眠れるか、ちょっと心配です」

「でしょう！　だから、ちょっと。ちょっとだけ、見に行きませんこと？　ほら！　立って！」

とても、強引に手を引かれるんだ。まぁ、あの深紅のドレスを見たら、そうなるよね。大人びたアンネテーナ様に合わせた、大人っぽい深紅のドレス。本当に素敵だったもの。夢中になるのも仕方ないわ。

アンネテーナ様に手を引かれるまま、あのお部屋に連れて来られた。

案の定、ちょっとだけ扉が開いている。記憶の通りなのよ。

ぜ、絶対に覗かないいし、声も掛けないわ!!

――でも、前世と違うことがあるのよ。ここには、私の他にアンネテーナ様も居るのよ。

「誰か、いるのでしょうか？　扉が開いている……声を掛けてみますわ」

こっそりと来ている私達。侍女さん達も居ないのよ。止める間もなく、アンネテーナ様が扉の前に立って、部屋の中に向かって誰何《すいか》したんだ。

「誰ですか！　中に居るのは！」

途端に鳴り響く、盛大にものが壊れる音。何かが倒れる音。呻《うめ》き声ともつかない、悲痛な叫び声。

何か、とても良くないことが起こったと、誰にでも判るそんな物音が響いたんだ。

アンネテーナ様は、サッと扉を開けると、その向こうにある惨状に言葉を一瞬失い……

「キャ、キャァァァァ!!　ド、ドレスが！　エスカリーナのドレスが!!」

って、叫び出したのよ。

それはそうよね。私のドレスが掛けてあったトルソーは倒れ、ドレスのあちこちに紅茶が飛び散っている。スカートは何かに引っかかったのか、切り裂いたように破れているしね。

トルソーの横にあったサイドテーブルもひっくり返っていてね。その上に置かれていた御飾りも飛び散って、ひしゃげていた。

あぁ、あのドレスはもう、直せないわ。今からじゃもう、どうしようも無い。

アンネテーナ様の叫び声を聞いた、何人もの侍女さん達が飛んできてね。お部屋の惨状を見て息を呑んでいたんだ。

ハンナさんもやって来て、口元に手をやって、絶句していた。

お披露目の後、私がこの御邸を出て、ダクレール男爵領にお世話になることを、彼女は知っているもんね。

――そう、このどうしようも無くなっちゃったドレスは、大公閣下から私への最後の贈り物だったのよ。

私達の前に居るのは、ガタガタ震えているミレニアム様。前世同様、紅茶を零してさらにはトルソーを倒してしまったらしい。

「何事だ!! な、なんだ!! こ、これは、どう言うことだ！ ミレニアム？ 何故、お前がここに居る？ どうして、エスカリーナのドレスがこんなことになった!! ミレニアム!!」

駆けつけて来た大公閣下。顔を真っ赤にして、叫んでおられるの。アンネテーナ様もミレニアム様も固まってるし、ここで、私が何も言わなければ、きっとミレニアム様は大公閣下に打擲《ちょうちゃく》されてしまう。

「叔父様、ドワイアル大公閣下！」

「あ、あぁ、エスカリーナ、こんなことになってしまうとは……先に見せるのでは無かった」

「いいえ、とても素敵なドレスでした。大公閣下のお気持ち、確かに受け取りましたわ。本当にありがとう御座います。ですが、この惨状では、お披露目までに直すことは叶わないかと」

「そうだな……ああ……」

「宜しければ、アンネテーナ様のドレスをお貸し下さいませんか？」

「あ、あれを？」

叔父様の視線の先には、深紅のドレスがある。

嫌だわ、あれは、アンネテーナ様がお召しになるドレスでしょ？　違うわよ！

「いいえ、違いますわ。以前、ポエット奥様のお茶会に着てこられた、蒼いドレスが御座いましたでしょう？　あのドレスならば、十分に大公家の装いとしてふさわしいと思われますわ。それに……」

「それに？」

「ええ、それに、あの蒼いドレスを着ることで、いつでもアンネテーナ様を感じられますもの。とても、安心出来ると思うのです」

私がそう言うと、アンネテーナ様は私を見詰めて、大粒の涙を零されたの。

そして、ガバッと抱き付いたかと思うと、大泣きされちゃったよ。

「エスカリーナ!!」

アンネテーナ様の背を撫でながら、大公閣下を見る。閣下は困った顔をしながらも、静かに目を閉じて、了承して下さった。

「ミレニアム、私の執務室に来なさい。事情を聞く。お前達は、アンネテーナのワードローブに行って、エスカリーナの言っている蒼いドレスを持って、彼女の部屋に。我が家が契約している御針子も何人か行ってもらう。お披露目までに間に合わせるように」

「「「御意に！　旦那様!!」」」

一斉に動き出す侍女さん達。ミレニアム様は大公閣下に連れられて、執務室に向かわれた。あれは、特大級のお説教ね。私とアンネテーナ様は、自室に帰ることになったんだよ。

「お嬢様……」

泣きそうな顔で、アンネテーナ様の侍女さんから渡された、蒼いドレスを手に持つハンナさん。

「ふふふ、ちょっと大きいわね」

「ええ、確かに」

「どうにか、着用出来るようにしましょうね」

御針子さんはまだ見えてないの。

多分、あのダメになったドレスをどうにかしようとしているんじゃないかな。

「先に始めましょう。どうすればいいか、何か考えがあれば教えて欲しいな」

蒼いドレスは、アンネテーナ様用に採寸されている。だから、体格の違う私がそのまま着たら、不格好になっちゃうんだよね。どうにか人前に出られるようにしなきゃ。

——幸い、前世の記憶があるんだ。

あの時着てたのは確か、このドレスだと思うのよ。だから、どうするのかは想像がつく。やってやれないことは無い。

さぁ、腕の見せ所ね。伊達《だて》にお裁縫を習得していないわ！

その夜、ポエット奥様が、泣きながら私の部屋を訪れたのは……ちょっと、驚いたの。

＊　＊　＊

ゴトゴトと音を立て、馬車は王城へと向かう。

家紋入りの漆黒の馬車に乗るのは、大公家御一家。私は、その後ろの無紋の馬車に乗っている。

これは、差別じゃないのよ。区別なの。その証拠にね、ポエット奥様は御邸を出る直前まで、私も一緒の馬車に乗せるって、無茶を言っておられたんだ。

＊　＊　＊

「旦那様、何故、エスカリーナと共に、王城へ向かうことが出来ないのですか！」

「ポエット、これは、厳格な規則なのだよ。私はドワイアル大公家の当主だ。そして、招待状には、私の家族と書かれている。厳密に言うと、エスカリーナはまだ、ドワイアル大公家の傍系の庶子に当たるのだ。故に、王城からの招待状も、彼女に対しては特別に発行されたものなのだ。なんとも腹立たしいことにな」

「でも……」

「我等と一緒の馬車で入城しようとしても、彼女は降ろされてしまうぞ？　そして、徒歩で御城まで行くことになる。それでも、いいのか？」

切なそうに顔を歪め、言葉に詰まるポエット奥様。一瞬言葉を失った後、紡ぎ出されるのは、関係者に対する怒りと、私への愛情の言葉達。

「どこまでも、王城の者達は！　判りました。可愛い娘を歩かせる訳にはいきませんものね。エスカリーナ、ごめんなさい。でも、よくって？　私達の心はいつも貴女と一緒よ」

「はい、ポエット様。御心に感謝いたします」

「もう！　何故『母』と呼んではくれないの！　……でも、その蒼いドレスも良く似合ってよ。そのドレスは貴女に贈ります。アンネテーナも了承してくれたわ。王城でアンネテーナの『深紅のドレス』と、貴女の『蒼いドレス』は、きっと皆の目を引く。誉れ高い、ドワイアル大公家の誇りを存分に表しているわ」

「はい……お母様……」

恭《うやうや》しく頭を下げて、御言葉を肯う。大公閣下もにこやかに微笑んでいるのよ。

アンネテーナ様に貸してもらったこの蒼いドレス。ちょっとの手直しでいけるかと思っていたら、アンネテーナ様と私の体形がかなり違っていてね。

――大工事になっちゃったんだ。

自分達だけで直そうとしたけど、とても無理だった。

そんな中、大公閣下の意を受けた御針子さん達が来て下さったんだ。先に進めていた私とハンナさんの判断とか方向性を、凄く褒めて下さってね。特に腕のいい御針子さんが、あっと言う間に蒼いドレスをバラバラにしたのよ。

それを私の体形に合わせて再構成してね。余った部分から、足りない部分へ……切り返しの位置調整、デザインの変更。たった四日で仕立て直してくれたのよ……

――原形が無くなるほどにね。

いや、これには、参った。だって、〝貸してもらった〟ドレスなんだよ？

後で戻せるようにって思ってたのに、御針子さん達、躊躇《ちゅうちょ》なくハサミを入れるんだもの。

結果ね、『貸出』から『お下げ渡し』になったのよ。

アンネテーナ様、そのことに怒るどころか、喜んで下さったのよね。

「これからも、ずっと私と共にあると感じて下さるのよね」ってね。

ありがたく、その御気持ちごとドレスを頂いたんだ。

前世ではこの蒼いドレスが、私とアンネテーナ様との距離を更に広げる原因になったのにね。

確か、思い入れのあるドレスを私が勝手に仕立て直したからお怒りになったのよ。

本当に、こんな風に良くしていただけるなんて……嬉しいわね。

そして、このドレスの件があってから、ミレニアム様は私を遠巻きにしているわ。

まぁ、長時間、しっかりとお説教されたからね。その反動だろうね。なんとなくだけど、ミレニアム様の瞳の中に〝お前のせいで!!〟って、色が見えるんだよ。気のせいかな?

まぁ、別段気にもならないけどね。

だって……今日のお披露目の後、私はドワイアル大公家から、出ていくんだからね。

大公閣下も、ポエット奥様もそれを知っている。

私が奏上する事柄は、私の身分を確実に庶民に落とすことになるからね。だけど、それを奏上しないことには、お母様の名誉は回復出来ないし、私はいつまでも、どこまでも、『不義《ふぎ》の子』の誹《そし》りを受け続けるのよ。

大公家から出ることは、私が、私を取り戻すために絶対に必要なこと。

覚悟は決まっているの。

私が乗っている馬車の御者さんは、ダクレール男爵領から来られた方。

そう、私は、王城から下がったら、もうお屋敷には戻らない。

その足で、ダクレール男爵領へと向かう手筈になっているんだ。

ハンナさんも一緒に来てくれる。お土産とか、私の私物とか、大公閣下からダクレール男爵閣下へのお手紙とか、大切な『荷物』も全て馬車に積み込んだ。準備は整っているんだよ。

知らないのは、アンネテーナ様とミレニアム様の御二人だけ。大公閣下が図られて、そういうことになったんだよ。もし知ってしまったら、アンネテーナ様は私を止める。まだ幼いといっても良い彼女は、状況とか、周囲の思惑とか関係なく、感情のままに動いてしまう。そんな彼女を説得するには、あまりにも時間が無かったの。

大公閣下も、ポエット奥様も、アンネテーナ様がどれ程私を愛して下さっているか、御存知だものね。全てが終わってから、お話しするということになっているんだ。

そのためのお手紙もお渡ししている。どんなに距離が離れても、どんなに生きて行く階層が変わっても、アンネテーナ様は私の大切な姉妹であると切々と述べた手紙をね。

だからこそ、せめて王城へ向かう馬車だけでも共にありたいと、ポエット奥様は思われたのね。

馬車に乗り込む前、大公閣下、ポエット奥様の御二人から、抱擁《ほうよう》と頬へのキスを貰った。「愛していますよ、エスカリーナ」との御言葉と共にね。名残惜し気に馬車へと乗り込む御二人。

「また、後で！」と、手を振って下さるアンネテーナ様。

ちょっと蔑《さげす》んだ笑みを浮かべ、私を見て何も言わずに馬車に乗り込むミレニアム様。

大公家の皆さん、ありがとうございました。今日まで育てて頂いたこと、忘れません。

そんな万感の想いを胸に、ハンナさんと共に馬車に乗ったの。

＊　＊　＊

王城コンクエストム。歴代の国王様の居城にして、ファンダリア王国の中枢。内務、外務、財務、そして、軍務の各大臣が詰める場所。ファンダリア王国の頭脳にして、鉄壁を誇る白亜の巨城。

私達が向かっている場所は、そんな場所なんだよね。ドワイアル大公閣下は、外務大臣。常日頃から登城されているし、ポエット奥様も社交や外交に赴かれている。

いわゆる仕事場ってことにもなるよね。私達子供は入ってはいけない場所なんだけど、今回のお披露目の後、入城許可が貰えることになってるのよ。

八歳に達した高位貴族の子供達は、いずれ王家の藩屏《はんぺい》になることを求められる。その意識を植え付け、王城関係者にその存在を知らしめるための儀式でもあるんだ。王城関係者は全員、王城での振る舞いの一挙手一投足《いっきょしゅいっとうそく》を見詰めている。

そして、藩屏《はんぺい》に足る人物かを判断する。

『お披露目』での失態は、すなわち、未来への道を閉ざすこと。各家の皆様も子供達に言い聞かせているはず。かく言う私も、マナー講座の時に散々教え込まれた。

そんな、とても大切な『お披露目』に、特別に招待された貴族籍に無い私。

そうね。良くて無視、悪ければ攻撃の対象になるわよね。だから、おとなしく目立たないようにするんだ。

大公閣下の仰った通り、特別な登城許可を持った私は難なく城門を通り抜け、王城入口まで到着した。そこで馬車を降り、王城へと入るんだ。御一家の後ろについて、教えの通り粛々とね。

馬車は、馬車溜まりに向かう。

ハンナさんと御者さんは、待機場所で待っているんだって。王城には、関係者以外足を踏み入れることは出来ないからね。

謁見の間に向かう前に控室に通される。控室には、すでに何組かの高位貴族の御一家がおいでになっていた。

今日のお披露目は、高位貴族のみだから、伯爵家以上の家格が必要なんだ。

だから、この場に居るのは八歳の年齢を迎えた子供を持つ、大公家、公爵家、侯爵家、辺境伯家、伯爵家の方々。あぁ、それと、神官様もね。

ドワイアル大公閣下とポエット奥様は、そんな中でも堂々として他家の方々とお話しされている。嫡男であるミレニアム様はドワイアル大公閣下と、アンネテーナ様はポエット奥様と挨拶回りに行かれた。

私はついては行けないんだ。

あくまでも、ドワイアル大公家御一家の話だもの。私は、身分的には単独でここに居ることになるんだよ。

前世の私はそれでも、御一家について行ったんだけど、今は無理。自分の立場をよく判っているし、前世では気が付かなかった、他家の方々の冷たい視線なんかを大層感じるんだもの。

——だから、バルコニーに出たんだ。

バルコニーには、落下防止の魔方陣が編んであった。許可を得た人以外が、バルコニーの端っこに向かえないようにね。でも、まぁ、そこは、かなり学んだから、魔方陣の綻《ほころ》びくらい見れば判るよ。魔方陣をすり抜けて、腰くらいの高さの柵の所まで来たの。そして、向こう側を見て……

——絶句したわ。

予期しないものを目の当たりにすると、人って固まるのね。
眼下に見えるのは、あの日、あの時、私が引きずり出された場所。
何もかもを諦めて、蒼い空を見上げた場所。

——そう、刑場だったのよ。

叫び声を上げそうになるのをなんとか堪えて、両手で口元を押さえたんだ。

眼下に広がる広い空間は、紛れも無く、あの日、あの時の場所。見覚えのある、石の処刑台もある。今も薄《うっす》らと血で汚れているのは、今日も誰かを処刑したからだろう。

磔刑《たっけい》の十字架にはもう罪人は居ないけれど、そこで何が行われたのかは、説明を聞くまでも無く理解出来た。

あの日、あの時の記憶が、封印されていた恐怖と悔恨《かいこん》の感情が、そして、私の身に降りかかったありとあらゆる凌辱の記憶が一気に襲ってきた。脚から力が抜け、その場に崩れ落ちそうになった。視界は揺らぎ、私が、私で無くなったようなそんな気持ちがしたんだ。

この風景を見せるべく、大いなる方はやり直しの人生を与えたというの？

それはあまりに無慈悲。ガクガクと震える私。視線は刑場から離れることは無いんだ。空は蒼く、優し気な風さえ吹いている。そんな清浄な空気の下で前世の記憶が、私を苛《さいな》み揺さぶるんだ。


——ここに居てはいけない。


このままでは、本当に叫び出してしまう。

じりじりと後ずさり、ここから離れようともがく。手で口を押さえ、ゆっくりと、刑場が見えない場所まで下がるように努力した。努力したんだよ。

丁度その時に、誰何《すいか》の声が私の耳に届いた。

誰かが、この場所に私が居ると気付いたようだったの。

「おい、そこは立ち入れないはずなのだが。どうやって入った？」

耳に届く声は、幼いが大人びていた。

私と同じように、今日のお披露目に参加する子供の一人だろう。その人から見れば私は、立ち入り制限区域に入り込んで、あまりの高さに目が眩《くら》んだ、愚かな小娘にしか見えないと思う。激しい叱責を覚悟したの。大公閣下の体面を汚したと……そう、後悔が押し寄せる。

でも、続いたのは、私が覚悟していた蔑《さげす》みの言葉では無かったんだ。

「アレを見てしまったか。今日も処刑があった。この時間では、まだ全ては片付いていないな。おい、大丈夫か？」

私が見た光景を、間違いなく理解しているような言葉。誰なんだろう？

ゆっくりと振り返り、視線を上げる。

そこにいたのは、背丈は私と同じくらい。でも、明らかに私よりも年少の少年。髪は輝くような銀髪。瞳は深く光を宿した蒼。汚《け》れ無い白い肌をした美少年。多少口は悪いけれど、紛れも無く高貴な血を引いているであろうその御姿。

「は、はい、申し訳御座いません。お披露目の時間まで、静かな場所で待とうと思いまして」

「いや、いい。よくあの魔方陣を抜けてそこまで行けたな。アレを編んだのは、宮廷魔術師だぞ？

いや、それはどうでもいい。酷く顔色が悪いな。俺は、ウーノル。君の名を教えてくれないだろうか。君の親族に連絡をしなければならんからな」

妙に大人びた言葉遣いと、聞き覚えのあるウーノルという名前。

思い出せ、私!!

「もうすぐ、父上が謁見の間にお出ましになられる。それまでに、立て直せるか？」

だ、第一王子殿下だ。

第一王子であらせられる、ウーノル＝ランドルフ＝ファンダリアーナ殿下だ！　ま、マズい！

王子殿下に、こんな所を見られてしまったなんて不敬だ。慌てて淑女の礼を捧げる。

あぁ……『直言のお許し』を乞うことすら忘れている！

「は、はい！　ウーノル＝ランドルフ＝ファンダリアーナ第一王子殿下。御前、御目汚し、誠に申し訳御座いません！　私、エスカリーナと申します」

「ん？　エスカリーナ？　その容姿と、その名……あの御方の娘御か。では、ドワイアル大公に連絡を入れるか？」

「いえ、もう、大丈夫に御座います。御前、し、失礼いたします」

私の無様な反応を見て、殿下は面白そうに含み笑いをしてから、語られたんだよ。

「刑場を見て、そう言うか。ドワイアル大公が密かに自慢していただけのことはあるな」

「それは……お恥ずかしい限りに御座います」

「いや、王族として、俺もここに何度も来ている。最初にアレを見せられた時には、気を失いかけたぞ。今の今まで叫んでいた男の首が、いとも簡単に落ちるのを目の当たりにしてな。エスカリーナといったな」

「はい。殿下」

ウーノル殿下は私の瞳を覗き込むようにしてご覧になった。

「うん、大丈夫そうだ。ここは普通の子女には見せられない場所だからな。そんな場所にフラフラ入っていく君を見て、肝が冷えた。さぁ、こちらへ。広間の馬鹿共も、俺と一緒なら何も言わぬ」

「えっ？」

「俺は第一王子だから、君に向けるような目を俺に向ければ、どうなるかくらいは、奴等だって知っている。俺の側に居るだけで、不快な視線から逃れられるぞ？」

「それは、有難き思《おぼ》し召《め》しです。ですが、ご迷惑では？」

「何を言っているんだ？　こんなことで、ドワイアル大公に恩を売れるんだ。安いものだよ」

流石《さすが》、王族だね。確か、ウーノル殿下は私よりも一つ下。まだ、八歳になられていないのにね。今日は、王族と王城の関係者に対するお披露目だから、王子殿下達もご出席になられるんだったっけ。

「あ、ありがたく存じます。よ、宜しく……お願い申し上げます」

落下防止の魔方陣をすり抜けて、殿下の側に向かう。

ウーノル殿下は、俺の後ろから付いて来いという感じで、顎《あご》をクイッと回した。絶対に手は取られないんだよ。そうだよね、いらぬ憶測を生むような行動はしない。流石《さすが》王族だね。大人しく後ろをついて行ったんだよ。

途中、お嬢様方、御子息様方に囲まれた一人の美少年が目に入ったんだ。殿下も気が付かれた様で、ちょっと苦笑いを浮かべながら言うのよ。

「俺より年上の癖に、場を見る目が無いな。アイツらに囲まれて良い気になってるとは。王族とは言え、アレではな」

そちらの方へ視線を向けて、よく見てみると、あの人だった。

そう、マクシミリアン＝デノン＝ファンダリアーナ殿下。かつての私の婚約者様。

前を歩くウーノル第一王子が第一継承者。そして御二男であらせられる、オンドルフ＝ブルアート＝ファンダリアーナ殿下が第二継承者。

――マクシミリアン殿下は、それに続く第三継承者に当たるの。

「まぁな、俺とオンドルフが居るから、アイツにはこの国の未来を背負ってもらうことにはならないからな。別にいいだろう」

なんだか、評価が低いね。

マクシミリアン殿下はそんなウーノル殿下の視線に気が付き、軽く頭を下げられた。鷹揚《おうよう》に頷き
それに応えるウーノル殿下。
ウーノル殿下の評判は、城下でも、とても高い。殿下自身も次代の国王陛下になるという未来を、
受け容れている。その上、即位した後の息が出来なくなるような重圧のこともしっかりと理解され
ているわ。更に、単に貴族間のバランスを取ることに汲々《きゅうきゅう》とせず、民への慈しみの視線を持って居
られるそうよ……
素晴らしい、ファンダリア王国の未来の光なのよ……
完璧な王太子殿下、前世でもそんな評価だったわ。その殿下と常に比較されていたマクシミリア
ン殿下。にこやかに微笑む笑顔に陰があるのは存じ上げていたし、それがまた、彼の魅力でもあっ
たけれど……
でも、現世でこうやって改めて見ると、その笑顔も単なる甘えた表情って思えてしまったの。出
来ることを無難にするだけで、超越するために『努力すること』を放棄して、周囲の評価にすぐ心
を痛める……
彼がとても薄っぺらい人のように感じてしまった。
「エスカリーナ、ドワイアル大公はどこに居るんだ？」
ウーノル殿下が辺りを見回して問いかけてこられたの。
「はい。えっと、あの柱の辺りですね」

「判った。そこまで行こう。バルコニーにいたことは内緒にしておく。いいな」

「御心遣い、誠にありがとう御座います。大公閣下には、余計な心配を掛けずに済みますわ」

「エスカリーナ、君は……まぁ、今はよいか……では、お披露目の後の晩餐会でまた会おう」

「……」

黙って、頭だけ下げたんだ。だって、出られるとは思えなかったし、出るつもりも無かったから。

殿下の後について、大公家御一家のもとへと向かう。

蔑《さげす》んだ視線は減ったけれど、殿下の後ろを歩いていたので、違う意味で注目されてしまった。

誤解が、ちょこっと生まれたかな？

『不義《ふぎ》の子』が、王家の一員になるためにウーノル殿下を籠絡《ろうらく》しようとしているって、そんな誤解。

そんなこと、する訳ないよ。そこから逃げ出すために今日は来たんだから。

大公家御一家と合流した時、ちょっとした騒ぎになったのよ。

「こ、これはウーノル殿下、エスカリーナをお連れ頂き、誠にありがとう御座います。丁度、彼女を捜していた所なのです」

殿下と一緒に居る私の姿を見て、驚いている大公閣下。

「そうですか。それは都合がよかった。あちらで一人だったもので、もしかしたら、迷われたかとも思いまして、お連れしました」

「御手を煩《わずら》わせてしまい、誠に申し訳なく思います。ありがとう御座いました」

「なに、気が向いただけですので。それに、私が居れば、要らぬ視線に晒されぬでしょう？」

「……御意に」

「では、大公。また、後程」

大公閣下が物凄く恐縮されて、殿下が鷹揚《おうよう》に許しを与えたということなんだけど……

流石《さすが》、王太子殿下ね。堂々と大公閣下に対応されて、〝事情は判っている〟と言外に匂わされる……

一通りの感謝と挨拶を終えて、大公閣下は私達を伴って『謁見の間』に向かったの。その時、アンネテーナ様が私の隣に滑るように近寄ってこられ、そっと耳打ちしてきたのよ。

「殿下とお知り合いになれるなんて、素敵ね。あの方、なかなかお話出来ないのに」

「そうですか？　気さくにお話しして頂けましたけれど」

「エスカリーナは、どこであの方と？」

「あちらの陰の方で。一人になってしまった私を不憫《ふびん》に思われたのでしょうか？」

アンネテーナ様が困った顔をしてる。気にしなくてもいいのにね。

だって、大公閣下も、ポエット奥様も、私がこの日の後大公家から居なくなるのを御存知だから、敢《あ》えて連れ回さないっていう選択をしたんだもの。

＊＊＊

謁見の間は、この王城コンクエストムの中でも、一際豪華な場所だったんだ。ファンダリア王国の威厳と格式を物語るように、豪華でシックで落ち着いていて……

――本当に、凄いのよ。

圧倒されたのは、国王陛下、王妃殿下がお座りになる『玉座』なの。大きな宝玉がこれでもかってくらいに使われていて、黄金の輝きが周囲を圧しているの。更にね、この国を守護する精霊様方がこの場を護っておられるのか、玉座周辺が神々しく輝いているのよ。

――もうね、言葉も出ないわ。

促されるまま、所定の位置について、陛下のお出ましをお待ちするの。
やがて宮廷楽士様達の大きなラッパの音と共に、近習の方の先触れがあった。
「ファンダリア王国、ガングータス＝アイン＝ファンダリアーナ国王陛下並びに、フローラル＝

ファル＝ファンダリアーナ王妃殿下、第一王子ウーノル＝ランドルフ＝ファンダリアーナ殿下、第二王子オンドルフ＝ブルアート＝ファンダリアーナ殿下、第一王女ティアーナ＝バーティミール＝ファンダリアーナ殿下、第二王女エレノア＝ウリス＝ファンダリアーナ殿下。『謁見の間』に、御なりになります！」

王家御一家が揃って出て来られた。

あれ？　おっかしいなぁ、マクシミリアン殿下の名前が呼ばれなかったわ。

ミラベル＝ヴァン＝ファンダリアーナ殿下の名前もだった。

お二人ともこの場にはいらっしゃるけれど、この『お披露目』の主催者の席には居ない。

——あぁ、そうか。

マクシミリアン殿下も『お披露目』の対象者だから、今日は王族としてではなく、傍系の親族としてのご出席なんだ。前世では全く気にしていなかったことだけど、現世ではよく見えるよ。マクシミリアン殿下の立ち位置とか、王家が王姉殿下をどう見ているのかも。

臣下扱いは出来ないけれど、王族として遇するには、あまりに微妙なお立場だものね、王姉様は。隣国マグノリア王国の政変で一時帰国された、いわば亡命中の御妃様。その御子であるマクシミリアン殿下の立場も、とても微妙なもの。

自分自身が努力して、有用な人物であると証明しない限り、使い所の難しい『政治的な駒』以外になりようが無いのよ。あの、影のある笑みはそのことを理解して、諦めているからなのかしら。なんとなく理解出来たわ。

式自体は恙《つつが》なく行われた。終始にこやかな笑みを浮かべる国王陛下。そして、その様子を楽しそうに見ている王妃殿下。でもさ、その笑みに温かみを感じることは無かったんだ。

——目が笑ってないというか、なんと言うか。

「さて、皆の者も楽しみにしているであろう！　今宵集まってもらった子供達の望みを聞こうか。直答を許す。今年も下位の者から始めよう！　なんなりと、望みを言うがいい。叶うことならば、我が叶えようぞ！」

国王陛下の御言葉を聞いて、何人かのお家の子供達が、歓声を上げてるよ。微笑ましい光景ではあるけれど、アレ、絶対に評価を落としてるよね。ほら、近習の人達の表情が固まっている。ここは嬉し気に微笑んでおくのが良いんだよ。慶《よろこ》びも、哀しみも、何もかもを笑顔で包み込むの。それが、宮廷での泳ぎ方。決して声を上げて、感情を露《あら》わにしてはいけない。付け込まれる弱みを晒してはいけないの。

――だから、私は、順番が来るまで静かに、そして微笑みを絶やさないように立っている。

ミレニアム様も、アンネテーナ様も、御邸でのマナー講座をキッチリと習得しているから、どの家の人達よりも立派。「流石《さすが》ですな、大公家の子息、御令嬢は」と、感嘆の声が聞こえるよ。

次々と国王陛下の前に出て、自分の希望を述べる子供達。ある者は財を求め、ある者は地位を求める。中には「マクシミリアン殿下のお嫁さんにして欲しいです！」って、言っちゃう御令嬢も居たりする。人気があるもんね、マクシミリアン殿下は。

当のマクシミリアン殿下は苦笑いを浮かべているよ。

陛下はというと、ニコニコ微笑んで聞いておられた。まぁ、右から左なんだろうけどね。

そんなことを考えていたら、ふと、ウーノル殿下と視線が合ったんだ。もう、とても微妙な顔をされていたよ。どうしたんだろうね。

伯爵家、侯爵家、辺境伯家の子供達の『お願い』が終わり、陛下も少しお疲れになったようね。ここで少し休憩が入ったの。その休憩の間に、伯爵家、侯爵家、辺境伯家の皆様は、謁見の間から退出される。

残るのは少数の公爵家、大公家、神官の家の皆様。

いわば、側近候補って訳ね。

この場に残る人達は、状況をとても良く理解している家の方々。

だから、子供達も無茶を言い出さない。

「父上の後を継いで、国軍に！　出来うることならば、近衛騎士隊に入ります。この国と、陛下の安寧《あんねい》を護る騎士となる誓いを、受けて頂けませんか？」

王国騎士団総団長、モーガン＝クアト＝テイナイト公爵の御三男である、アンソニー＝ルーデル＝テイナイト様が一人目だった。

流石《さすが》に立派ね。ちゃんとテイナイト公爵家の面目《めんぼく》を立てているもの。

鷹揚《おうよう》に頷かれる国王陛下。

「活躍を期待している、アンソニー」

お言葉まで掛けられるのは、ちょっと珍しいわね。

陛下よりお言葉を掛けられたのは……

王国騎士団総団長、モーガン＝クアト＝テイナイト公爵の御三男――アンソニー＝ルーデル＝テイナイト様。

宰相ケーニス＝アレス＝ノリステン公爵の御三男――エドワルド＝バウム＝ノリステン様。

聖堂教会神官長補佐、フェルベルト＝フォン＝デギンズ枢機卿の御二男――ユーリ＝カネスタント＝デギンズ様。

外務大臣、ガイスト＝ランドルフ＝ドワイアル大公閣下の御長男――ミレニアム＝ファウ＝ドワイアル様。

以上の四人の方々。ツッと頭が痛くなった。

前世の記憶が呼び起こされるんだ。この人達、マクシミリアン殿下の側近になってね——そして、隣国からの留学生、いや、平和の使者たる、マグノリア王国の第三王女、リリアンネ＝フォス＝マグノリアーナ殿下の御側付きに抜擢されるんだよ。


——そう、マクシミリアン殿下の希望でね。


つまり、私の罪を暴いた人達に他ならないんだ。

なんだか、思い出したらムカムカしてきた。あの断罪劇は、仕組まれたものだと思っているの。罪状を読み上げられた時、知らないことも沢山あったもの。きっと、他の方がしでかしたことも、私のせいにされてしまったのね。

あの人に恋い焦がれていた私には、全く見えていなかった。自分の愚かさも、何もかも。

私の『お願い』は、最後に回されているの。全ての高位貴族の方々が終わってから、国王陛下の思《おぼ》し召《め》しで実現するって、教えて貰った。私は庶民にして、前王妃殿下の忘れ形見。そして……


——『不義《ふぎ》の子』。

だから、私は、誓うのよ。もう、国の思惑には乗らないって。恋なんてしないって。

名前を呼ばれ、国王陛下の前に歩みを進める。

さぁ、決別の時だ。大きく息を吸って、国王陛下に奏上するの。

「国王陛下に置かれましては、ご機嫌麗しく存じます。陛下の御恩情をありがたく思います。エスカリーナ、陛下に望むものを奏上いたします」

本来ならば、直接お言葉を交わせるようなことは無いんだ。今日だけは特別。


——本当に特別な日なんだよ。


だから、精一杯の御礼を申し上げたのよ。

前世の私は、ここで言うのよ、「何も欲しいものは御座いません。御心のままに」ってね。聞き分けの良い子供を演じていたのか、それとも、立場を理解した故の言葉か……今となっては、その時の気持ちは覚えていない。

でも、その言葉を紡ぎ出すと、破滅への歯車が回り出すの。


——だから、今世では思いの丈をぶつけてみようと思うの。

にこやかに微笑む国王陛下。でも目は笑ってないよね。息を吸い込み、言葉を紡ぎ出すの。

「お願いに先立ちまして、甚《はなは》だ不敬かと存じますが、国王陛下をお父様と、お呼びしても宜しいでしょうか？」

周囲に居る重臣の皆様、王姉様、そして国王陛下自身が息を呑まれた。私の目をまじまじと見詰め返している国王陛下は、口を開かれない。

そうよね、ここで「諾」と言うと、国王陛下ご自身が、御自分が父親であることを認めてしまうことになるものね。

この状況を作るために、この言葉を紡いだの。

思った通り、国王陛下は王妃殿下の前で私にそんな許可を与えるはずも無く……だから、続けるの。

「この国の民の気持ちで御座います。ファンダリア王国の国王陛下は、国父。慈愛と威厳を持ち、民を統率する、偉大な御方で御座います。その偉大な国父である、国王陛下をお父様と呼びたかっただけに御座います。ご無礼の段、申し訳御座いませんでした」

「う、うむ。国父として、我を父と、呼びたかったのか？」

「はい、民として、敬愛を捧げる証《あかし》に」

「そうか……」

宰相様、神官長補佐様が困惑しておいでよ。大公閣下も、ちょっと驚いている。

でもね、こんな無茶を言ったのは、ある種の戦略。これから、本当にお願いすべきことを、すんなりと納得してもらうための布石《ふせき》なの。交渉事は常に相手に踏み込んでからと、そう王宮の教育で叩き込まれてたわ。

王族の皆様が沈黙された時、それは否定を意味しているの。陛下は私の問いに言葉を返されなかった。つまり、国王陛下自ら、私との親子関係を否定されたといえるの。後出し出来なくしたのよ。それも狙いね。

「エスカリーナのお願いは、ただ一つです」

「うむ、なんなりと申してみよ。叶うならば叶えよう」

すでに十分な不敬をやらかしている私に、慈悲深くも願いを聞き届けると仰った国王陛下。

二度とこのような機会は訪れない。

そのことを、国王陛下もご理解されている。さっきと違って、真剣な眼差しを私に向けているからね。苛烈《かれつ》ともいうべき視線。だけど、負けない。ここで怯《ひる》んだら、全ての計画が水の泡だもの。

——何も難しいことはないわ。王家の財政が痛む訳でも、誰かが貶《おとし》められ貴族間のバランスが崩れることも無いものね。つまり、あちら側には何も……そう、何も失うものは無い、私の願い。

「お願い申し上げたいのは、私のお母様との『お約束』についてです。お母様の日記を見つけました。そこには、国王陛下とエリザベートお母様は、『白き結婚』であったとあります」

私の言葉を聞いて、驚いた表情を浮かべる方がたくさんいらっしゃる。

そうよね。この事実は、広くは明らかにされていないこと。

お母様の望みであったとはいえ、そのせいで不義密通《ふぎみっつう》の疑惑が深まったのよ。

「確かに、そうだ。それで、何を望むのだ」

「はい、国王陛下は、お母様に白き結婚の満了を告げられたとありました。しかし、そのことを公《おおやけ》にされておられない。故に、エリザベートお母様は死して後も、王籍にあります。しかし、王家墳墓に埋葬されることもなく、お母様の魂は未だ聖堂教会、大聖堂の安置室にて留置かれたままになっております。何卒、お母様の王籍離脱をお認め頂きたく。白き結婚が満了しましたのは、九年前。焔月晦日《えんげつみそか》に御座いました。白き結婚が完了したあとも王宮におりましたのは、病に倒れた先代国王陛下、先代王妃殿下のことを思ってのこと。日記に、そう記載されております」

一瞬だけど、国王陛下は目を瞑り、何かを思い出したかのように頷かれたんだ。きっと、在りし日のエリザベートお母様を思い浮かべられたんだろうね。御二人の間に何があったかは、判らないけど。

「そうか……あれの魂の安寧《あんねい》を、我も望む。エスカリーナ、叶えようぞ、そなたの『願い』を。神官長補佐、枢機卿フェルベルト＝フォン＝デギンズ。王命を以て命ずる。エリザベート＝ファル＝ファンダリアーナの王籍を九年前の焔月晦日の時点において離脱したと、教会記録に記するように。その日に『白き結婚』は完了したとな」

「ぎょ、御意に御座います」

神官長補佐フェルベルト＝フォン＝デギンズ枢機卿は、深く頭《こうべ》を下げ、国王陛下の王命に同意されたのよ。

よし！

これで、お母様の魂は永遠の眠りにつくことが出来る。

そして、不義密通《ふぎみっつう》をしたって疑惑が晴れたんだ。本来ならば、国王陛下が『白き結婚』をお認めになったということは、お母様の密通が確定したことになるんだけどね。そうはならないんだよ。

『白き結婚』の完了日を九年前の焔月晦日《みそか》にってお願いしたのは、理由があるんだ。

九年前の焔月晦日まで、お母様は公務と先代国王陛下、先代王妃殿下の御世話で、個人的な時間を取ることはまず無理だったのよ。その上、お母様の周囲には常に女官が何人も付いていてね。その日以前に不義密通《ふぎみっつう》が行われるなんて、ちょっと考えれば、不可能って結論に至るんだ。

つまり、『白き結婚』が完了した後、言い方は悪いけれど、出戻りの娘が誰かと情を交わし出来たのが私ってことになる。

白き結婚が終了した〝その後〟だから、もう『不義密通《ふぎみっつう》』は成立しないんだ。

そのことに思い至ったのか、神官長補佐様が、私をまじまじと見詰め、呟くように言ったの。

「そなたは……そなたの父親は、いったい〝誰〟だというのだ？」

「神官長補佐様、直答をお許し下さい。日記にはその方の名前は一切記載されておりませんでした。記されていたのは、国王陛下への愛のみ……故に、私の父上は不明に御座います」

「しかし、その髪、瞳の色は紛れもなく王家の色であるのだぞ」

「お母様の生家《せいか》は、四大大公家のドワイアル大公家。ドワイアル大公家もまた、古《いにしえ》より王家の血を継ぐご家系。たまたま、私に、王家の徴《しるし》が強く出たのかもしれません。髪の色も、目の色も成長と共に変化する可能性も御座いますわ」

王家とは関係ないよ！　ってアピールしておかないと。この答えを聞いて、一番初めに口から音を漏らしたのは、国王陛下。

「アレは、我を想っていたと……」

「日記には、国王陛下のことしか記載されてはおりませんでした。御心は常に陛下と共にと……」

「そ、そうか。そうであったのか」

国王陛下の顔に苦渋の色が浮かぶ。

なんだ、お母様のこと、気にはしていたのね。

「国王陛下、お母様の名誉を回復して頂いたこと、今後、一生忘れることは無いと思います。これで、お母様はドワイアル大公家の墳墓で永遠の眠りにつくことが出来ます。ドワイアル大公家の娘として。そして、私は貴族籍にありません。ファンダリア王国の最高位の貴族の皆様の前に立てるような身分では決して御座いません。庶民である私に『謁見』をお許し下さいました国王陛下に、最大の感謝を。そして、重大な不敬をしてしまった私です。これ以上、御前を穢《けが》すことは罷《まか》りならないでしょう。退出の御許可を頂きたく」

私の言葉を聞いて慌てたのが宰相閣下。

国王陛下の顔と私の顔を交互に見てたんだ。この国の舵取りを任されている宰相閣下は、私を『王家の使い勝手の良い駒』にしたがっていた最有力者。その駒が掌から滑り落ちそうになっているんだからね。まぁ、そういう表情にもなるよ。

だから、視線も合わせてあげない。もう二度と、こんな近くで国王陛下に会うことは無いから、よく見ておきたいしね……

お母様が、最後の最後まで恋い焦がれ、愛し尽くした大切な方だもんね……

「よい、判った。エスカリーナ、不敬も不問に処す。退出を許そう。願わくば、君の行く先に光あらんことを」

二度と相まみえることの無い相手にする、別れの言葉を紡ぎ出される国王陛下。私も同じように、永久の別れの言葉を口に乗せるの。

「精霊様の御加護が、国王陛下とファンダリア王国にありますように」

深々と精一杯のカーテシーを捧げる。

話は終わった。貰うべき言葉と、お母様の名誉の回復はなされた。もう、王城に居る理由も無い。

貴族を装う必要も無い。

『謁見の間』から退出する私。扉の前で振り返り、もう一度胸に手を当て、深々と首《こうべ》を垂れる。

それは、貴族としてのやり方では無く。庶民の女性が、高位の貴族の方々に捧げる礼に他ならなかったわ。

ええ、そうよ、エスカリーナは完全に庶民に落ちたの。背を向け、王城の広い廊下を進む。

堂々と胸を張って、誇り高く、穢《けが》れなくね！

そう、立場があやふやだった私は、貴族の世界から抜け出し……


——私は私を、取り戻すことに成功したんだ。

第一章　黄金の籠から抜け出したエスカリーナ

『お披露目』の後、私が向かった先は、ファンダリア王国の南方方面。

そう、ハンナさんのご実家があるダクレール男爵領。

小さい頃から、ハンナさんにダクレール領のお話は聞いていたわ。そこに住む人達の、おおらかな気質とか、精霊様に愛されている土地柄とかをね。だから、もし叶うならば、私がこれから生きていく場所は、ダクレール男爵領がいいなって、そう思っていたの。

それに庶民として暮らすには、色々と事情を知る人が多いこの王都ファンダルよりも、誰も私を知らない、そんな場所がいいしね。

ダクレール男爵領は、ファンダリア王国の南方辺境領、南端に位置する歴史のある御領なのよ。

南方辺境はその昔、封建制のアレンティア王国という国だったわ。大きな国だったけれど、拡張期のファンダリア王国の前にはほぼ無力だった。当時のアレンティア王国国王陛下がファンダリア王国に恭順の意を表し、自らを差し出す代わりに王国の安寧《あんねい》を求めたと、歴史書に記載されているの。

その、穏やかでありつつも断固とした御決意に、当時のファンダリア王国国王陛下も大変感銘を受け、アレンティア王国国王陛下を辺境伯に叙爵《じょしゃく》して、南方辺境域を治めるようにと願われたそうよ。

――現在の南方辺境侯爵、アレンティア家の由来なの。

そのアレンティア家の元重臣にして、沿岸部の守りを担っていたのが、ダクレール男爵家。もとは伯爵家だったのだけれど、併呑《へいどん》時に降爵されたため、現在は男爵家となっているわ。

時を経て、内陸国家であるファンダリア王国において沿岸部の守りは重要視されなくなり……そのためか、ダクレール男爵領の重要性を認識出来ない、中央貴族も多数存在している。

――そう、ハンナさんは溢《こぼ》していたわ。

彼らを認めているのは、アレンティア南方辺境侯爵家と、外務に携わるドワイアル大公家の皆様。

常に国外に目を向けている外務大臣という立場で見れば、ダクレール男爵領は要衝《ようしょう》だとすぐに判るのだそう。

ドワイアル大公閣下が、王立ナイトプレックス学院の学生時代に、アレンティア家の継嗣《けいし》様、および、ダクレール男爵家の継嗣《けいし》様と誼《よしみ》を通じたことは、何かを狙っていたのかもしれないわ。

でも、お二人とも利害や思惑は関係なく、気持ちのいい、人好きのする方々で……

ドワイアル大公閣下と、その方々が友誼を結ぶのは、自然のことだったのかもしれない。

学校を卒業し、領地に帰り家督を継いで、ダクレール男爵領と王国南方沿岸部を護る役目を背負ったダクレール男爵閣下は、生来の生真面目さで役目に邁進《まいしん》していたの。

でも、ある時大掛かりな詐欺に遭い、ほとんど全てを失う羽目に陥《おちい》ったって、そうハンナさんが教えてくれた。

——まだ、私が赤ちゃんの時にね。

逼塞《ひっそく》に近い状態に落ち込んだダクレール男爵閣下は、まずアレンティア家に援助を求めるも、あまりに巨大な負債に断られてしまったの。それ程の金額だった。

しかし、友誼を結んだ友の危機に心を痛めたアレンティア家の御当主様は、すぐさまドワイアル大公家に繋ぎを付けられたの。

当時、家督を御継ぎになられていた叔父様にとっては、友誼を結んだ友であり、南方沿岸部を任せるに足る人を失うことになるのは、『有事の際の守り』に、不安を覚える案件だったはずよ。

幸い、ダクレール男爵の負った巨額の負債も、ドワイアル大公家にとっては微々たるものだった。

手を差し伸べ、ダクレール男爵領を救ったドワイアル大公閣下。ダクレール男爵閣下はこれに感謝して、未だ手放していないもので最も価値のあるものを、ドワイアル大公閣下に送ったのよ。

——それがハンナ＝ダクレール男爵令嬢……ハンナさんだったの。

僅か十四歳にして、ダクレール男爵領では才色兼備と誉れ高いダクレール男爵の愛娘《ハンナさん》。自らの失態で愛娘を手放すことになったダクレール男爵閣下は、その失態を取り戻すべく、男爵領および沿岸の警備に尽力したんですって。

四年の歳月が過ぎ、ある程度、男爵領にも明るい兆《きざ》しが見えた頃。ダクレール男爵閣下はハンナさんに手紙を送ったの。望むならば、男爵領に帰ってきなさいってね。

——ハンナさんからの返答は、ごく短いものだった。

〝生涯をかけてお仕えしたい方に巡り合えました。どうぞ、ご心配なく。〟

ダクレール男爵閣下の知る、ハンナさんの悪筆が嘘のように、流麗な文字で手紙は書かれていたのよ。これを見て、一応の安堵を覚えたダクレール男爵閣下なんだけれど、彼女の歳が気になったそうよ。その時、ハンナさんはすでに十八歳。貴族の娘としては、他家に嫁す年齢になっていたのだもの。男爵閣下は、それはそれは気を揉み、縁談についての手紙をハンナさんに送ったの。

その内容は、ダクレール男爵閣下が、アレンティア辺境侯爵閣下に相談されたというもの。

手紙を読みつつ、眉間に深い皺を寄せていたハンナさんを覚えているわ。

そして、そのお返事の文言は、いつも同じ。

〝結構に御座います。お目見えしては、相手側に要らぬ不面目を被らせます。私からは、全てお断りいたしますので、お話は無かったことに〟

にべも無く断るハンナさんに、ダクレール男爵閣下はとても困惑されたの。

ドワイアル大公家で行儀見習いを終えたことで、自身の価値を大いに高めたハンナさんには、素晴らしい方々からお話がきていたそうよ。

それなのに、歯牙にもかけないのよ？

男爵閣下は流石《さすが》に不審に思い、ドワイアル大公閣下へと書簡《しょかん》を送ったの。

もしや、ハンナさんに、良き人が居るのではないかと。そうお尋ねになったらしいわ。

大公閣下がそう仰っていたのを覚えているもの。

でも、それは杞憂《きゆう》だったの。ドワイアル大公閣下から、ダクレール男爵閣下への返信のこともまた覚えているわ。

〝お前の娘御は、男に興味が無いのか？　こちらとしても、行儀見習いの課程を終えて十分に、名家に嫁すことも出来ると判断している。良き縁を紹介しようとしても、ハンナは固辞するのだ。我が娘、エスカリーナの側に仕えたいと、希望は聞いている。聞いているが……〟

そのお手紙は、〝友誼を結んだ友〟の愛娘への愛情が溢れていたわ。

そんなこんなで、ハンナさんの御縁談に関しては当のハンナさんが拒否するので、どうしようも無かったのよね。

ハンナさんのお兄様で、継嗣《けいし》様であるグリュック様からもお手紙が来てね。ハンナさんが全ての縁談を御断りになる理由を、問われたんだって。

ハンナさんはやっぱり、ダクレール男爵閣下へのご返信と同じようにお答えされたそうよ。

そこでグリュック様は、男爵閣下に直談判されたのよ。

子供の時から、言い出したら聞かない強い性格をしているハンナさん。そのことを誰よりもよく御存じなのが、グリュック様なんだって。

「ハンナは、ハンナの好きに生きれば良いのですよ、父上。幸いなことにこの領も安定してきました。私が生きている内は、彼女に不自由はさせません。我が男爵家は、あれにそれ程の『恩』があるのですよ。これ以上、ハンナの心を縛ることは兄として出来ません。父上、私が面倒を見ます」

グリュック様からの言葉を受けて、ダクレール男爵閣下は一言だけ紡がれたそうよ。

「そうか……」ってね。

私の行く末を案じておられたドワイアル大公閣下は、私の側に居るというハンナさんと、義理堅く高潔なダクレール男爵閣下ならば、全てを任せることが出来ると仰っていたわ。

そうして私は、ハンナさんと共にダクレール男爵領へ向かうことになったのよ。

王城にて『お披露目』のあったあの日。

もう、すっかり日も落ちててね。街灯と、王都の街路に立ち並ぶお店から漏れる光、そして、夜空の星々の輝きが私達の行く先を照らし出してくれていたんだ。まるで、私達の道行きを祝してくれているような静かな夜だったわ。

出来るだけ早く、王都を出たかった故の行動だけど、心残りはアンネテーナ様。

私が謁見の間を退出した時に、彼女の声がしたの。

「何故、エスカリーナが退出するのですか!! お母様！ ご説明を！」ってね。

大公閣下ご夫妻には悪いことをしちゃったね。でも、私がこのまま大公家に留まることは、大公閣下御一家に多大なご迷惑をおかけする事になってしまうんですもの。

だって、国王陛下のことを、お父様って呼びたいって言っちゃったんだものね！

ふふふ、アレは無いわよね。あれだけでも、本来なら首が飛ぶわ。

その上、色々と無茶を言っちゃったしね。だから、都合が悪くなる前に消えるのよ。

表向きは、〝国王陛下に不敬をなした庶民の娘を、これ以上大公家に留め置くことが出来なくなった。よって、放逐した〟で済むのよ。今ならね。

だからアンネテーナ様。ゴメンね。本当にごめんなさい。

機会があれば、なんだってする。どんなお願いだって聞くから許して欲しいな。

ダクレール男爵領に着いて、落ち着いたらお手紙を書くわ。残しておいた手紙にも、そう書き残してあるしね。

夜の帳《とばり》が下り、周囲を闇が覆い始めた辺境へと向かう街道。

見上げれば満天の星。

行く先は遠く闇の中に消えていく。

まるで、今の私自身の様ね。まだ見ぬ未来が、どんなものになるのか。良き未来を夢見ることしか出来ない今は、ただただ、精霊様の御恩情にすがるしかないわ。

——でも、私はエスカリーナ。

それだけは変えられない。今は亡きお母様に胸を張って、〝生きています〟って言えるように、頑張っていきたいと、そう思うの。

夜の優しい闇の中に溶け込んで消えていく街道を、馬車に揺られつつ。

私達は静かに、そして、速やかに王都を後にしたんだ。

＊＊＊

「ハンナさん、ダクレール男爵領に着くまでどのくらい掛かるの？」

「姫様、およそ一ヶ月掛かるとお思い下さい」

「あのね、ハンナさん。お話があるの」

「なんなりと、姫様」

だからね、その『姫様』って何よ。どうして、私のことを姫様と呼ぶのかしら。

貴女はれっきとした、貴族籍にある『男爵令嬢』。私は、庶民のエスカリーナ。

貴族の貴女に『姫様』なんて呼ばれたら、お尻がムズムズするわ。

「ハンナさんは、何故、私のことを『姫様』と呼ぶの？　もう、私は大公家の娘ではないのに。出来れば名前で呼んで欲しいのだけど」

私は庶民なんだもの。そうあるべきでしょう？

「無理に決まっています、姫様。姫様は、私が生涯をかけてお仕えすると決めた方に御座います。大公家で側付きとしてお仕えしていた時より、エスカリーナ様は『秘されし王女殿下』なのですから。何か不都合な点でもおありなのでしょうか？」

「でもね、ハンナさん。これから向かうダクレール男爵領では、私のことを知る人は誰も居ないはずよ？　貴族籍に無い私のことを、領主の御令嬢が『姫様』なんて呼んでいたら、おかしいでしょう？　お願いよ。名前で呼んで欲しいの。愛称でも構わない」

ハンナさんが難しい顔をしているの。無理難題かな？

でも、近しい人なら、愛称で呼び合うことだって普通でしょう？

まぁ、男爵令嬢と庶民が愛称で呼び合うっていうのは、おかしいことなんだけどね。

私の懇願が通じたのか、ハンナさんが盛大な溜息と共に言ったの。

「なんとお呼びすれば？『エスカリーナ様』でも、宜しいのでしょうか？」

「えっと、敬称は無しで。単にリーナと呼んで欲しいな」

「む、無理ですよ。姫様。そんなこと出来ませんわ」

「だってぇ」

そんな感じで、かなりの押し問答があったんだ。道すがら、色んなお話のついでにね。

一ヶ月も掛かるんだもの、その内、折れてくれるはず……だよね。

＊＊＊

王都を出て十四日目。大きな街に着いた。

街の名前は、城塞都市セトロ＝アレンティア。南方辺境領、アレンティア侯爵閣下の領都なんだよね。書物とか、先生達のお話では聞いていたけど、壮麗で重厚な街よ。

元々、アレンティア王国の王都だったこともあり、ちょっと雰囲気が、王都ファンダルとは違うのよ。なんて言うのかな、そう、開放的って感じ。街行く人達の姿もどことなく開放的というか、開けっぴろげと言うか……

よく見ると、着ているものすら違ったわ。

より露出が多いというか、肌色が色んな所から見えてるというか。

不思議に思って見ていたら、ハンナさんが説明してくれたの。

「南方ですので、暑いのです。王都ファンダルの皆様のような姿で歩き回ると、すぐに体力を消耗してしまいます。なんでしたら、こちらの御衣装を誂《あつら》えましょうか？」

「えっ？　今回は見送るわ。あんなに露出の多い服は着慣れないし、見慣れないもの。私に似合うかも判らないし」

「エスカリーナ様ならば、どのようなお召し物でも似合いますわ。保証します」

「え？　そ、そうかな」

あまりに真剣な目で見てくるから、ちょっとびっくりしたよ。

でもね、本当に見慣れないもの。肩が出ていたり、足元もスカスカだし。靴だって、編み上げの靴よ？　どうやって履いているのかも判らないしね。

馬車は大通りを通り抜けて、元王城へと向かうの。

大公閣下から預かっているお手紙を、アレンティア侯爵閣下に渡さなきゃならないのよね。

何が書いてあるのかは、教えて下さらなかったけれど。多分、宜しくね！　くらいでしょ。

ダクレール男爵閣下の所でお世話になるんだもの、ちゃんと「寄親」であるアレンティア侯爵閣下にも、ご挨拶しておかないとね。

馬車は、そのまま元王城の中に入っていく。

すでに、先触れは着いていたんだろうね。馬車が止まると同時に、侍従様が大きな声で私達の到着を告げられたの。

「ダクレール男爵令嬢、ハンナ＝ダクレール様御一同御到着になりました！」

馬車の扉が開けられ、渋いロマンスグレーのおじ様が出迎えて下さったの。モノクルを掛けててね。それは気品のある御方だったのよ。

「キバールカ侍従長様、御久しゅう御座います」

お知り合いだったのか、優雅な仕草で挨拶をするハンナさん。

「これは、これは、遠路遥々《はるばる》お越し下さいましたね、ハンナ様。見ぬ間に、すっかりと淑女になられたようで何よりに御座います。城のあちこちを駆け回っていた、お小さい頃が、嘘のように御座いますな」

「キ、キバールカ様！　おやめ下さい！　ひ、姫様の御前に御座います!!」

何やら、大慌てで侍従長様の言葉を遮るハンナさん。

えぇぇぇ、そんなお転婆さんだったの？

気が合うはずよね。私だって、状況が許せば多分同じことをしていると思うわ。

「お話は伺っております。エスカリーナ＝デ＝ドワイアル姫様。ガイスト＝ランドルフ＝ドワイアル大公閣下より、くれぐれもよしなにとのご連絡を頂いております。ささっ、こちらに。当主、ウルフラル閣下がお待ちに御座います」

慇懃《いんぎん》に首を垂れ、胸の前に腕を水平に捧げ、貴人を迎える礼を取るキバールカ様。

大公閣下は……叔父様は、いったい何を伝えられたのかしら？　一介の庶民にする礼法では無いわよ！

でも、まぁ、叔父様の名代としてなら辛うじて無理矢理納得……出来るか!!

「おやめ下さい！　私は、そのような大それた者では御座いません。ただのエスカリーナに御座います。お願いで御座います」

「ホッ、ホッ、ホッ！　コレは、またお聞きした通りの御令嬢に御座いますな。ハンナ様、良き主に巡り合われて、重畳《ちょうじょう》に御座います」

「自慢の主人に御座いますわ。どちらに向かえば宜しいのでしょうか？」

「応接の間に御座います。こちらに、エスカリーナ様」

なんで、笑いで誤魔化すんだ！　もう!!

困惑している私をよそに、二人はにこやかに笑みを交わして、スタスタと歩いて行くんだ。

キバールカ様、応接の間って言ったよね。そう言ったよね！

なに、この目の前にある部屋は!!　王城の謁見の間をちょっと小振りにしたくらいの、豪華な部屋だよ。中央奥にある背の高い椅子は、まるで玉座……思わず、ボーッと見てしまったよ。

「姫様、ここはアレンティア王国の名残。この部屋は、昔日《せきじつ》の王国の謁見の間に御座います。姫様をお迎えするには、相応《ふさわ》しい場所かと」

な、何を考えているの!!

だから、私は!! 庶民なんだってば!!

＊＊＊

その後の応接の間では、私以外の人達が、さも当たり前のように進行していってたよ。私は、ちょっとの間、その進行速度についていけなかった。なんとなく、ぼんやりと流されるままになっていた。

――反省、反省っ!

私の目の前にある玉座には、大柄で威厳に満ちた渋いおじ様が座っておられた。そして、力のある目を私に向けられていたんだ。

キバールカ侍従長の仰っていた、御当主様であられる、ウルフラル＝ドス＝アレンティア侯爵閣下なんだろうね。

精一杯のカーテシーを捧げて、お言葉を待つんだ。

するると、大きくも優しげな声が耳に届いた。

「よく来た。大公閣下より伺っている。君がエスカリーナだね。遥か昔、王都のガイスト卿に、大公家のお屋敷に招かれた折りにご紹介して頂いた、彼《か》のお姉様によく似ているな。前王妃エリザベート様の、お小さい頃にそっくりだ」

「この身が、母に似ているとはとても誇りに感じます。嬉しき御言葉に御座います。御前に奏上いたします。こちらにガイスト＝ランドルフ＝ドワイアル大公閣下よりの書状をお持ちいたしました。御改め下さいませ」

「ふむ。頂こうか」

叔父様から預かっているお手紙を渡したんだ。

侯爵閣下は、封筒の中に入っていたお手紙を、穴が開きそうな程しっかりと目を通された後、私を見詰めて言葉を紡がれたの。

本当に、怖いくらい真っ直ぐに見詰めてこられたのよ。

「ガイスト卿は、思いの外君のことを心配しておいでだね。大丈夫だ。君の安全は、南方領に居る限りはこの私が保障する。誰にもとやかく言わせはしない。この城下にも王都の息のかかっている者達はいるが、この城に居る限りは手出しは出来ないし、君を煩《わずら》わせることも無い」

そっか、私の事情を知る人達は、この南部辺境領にも居るんだ。

噂話は、距離を経ると尾鰭《おひれ》がつくと言うしね。こっちでも、やっぱり〝そういう扱い〟なのかな。

「なに、そう心配することも無い。君がダクレール男爵領に入るまでだ。あの領は少々、こちらとは事情が違う。あの領にさえ入れば、君の身の安全はフランシスの奴が責任を持つからな。まぁ、陸地が危ないとなるとさっさと、船に乗せ逃げる算段を取るな、あいつなら。なぁ、そうだろう、ハンナ嬢」

そう言うと、ハンナさんの方に視線を向けられたのよ。

その視線はとても温かく、慈愛に満ちててね。ハンナさん、侯爵閣下にも愛されているのね。

そして、ハンナさんもまた物怖じすること無く、応えているんだよ。

「御意に。父は軍船を掌握しております故、万が一があろうと、姫様を海上に逃すことは可能かと思います」

「うむ。ならば、早々にダクレール男爵領に向かうべきだが……二、三日この城に逗留《とうりゅう》してもらうことになっている」

そうなの？　叔父様の意向かな？

まぁ、突然のご訪問だしね。なかなか調整が難しいのかもしれない。

「まず、ダクレール男爵領からの迎えの護衛がこちらに到着するのが、二日後だ。もう一つ、彼らが来るまでに〝やらねばならぬこと〟があるのでな」

私を見詰め、言葉を紡がれる侯爵閣下。

「はい、侯爵閣下。その〝やらねばならぬこと〟とは、なんで御座いましょうか？」

「うむ、単刀直入に聞くな、エスカリーナ嬢は。話が早くて好ましい。では、私からも単刀直入に説明しようではないか。〝やらねばならぬこと〟とは、ほかでもない君に関してのことだ」

「はい。侯爵様が私にとって必要とお思いになられるのであれば、なんなりと」

「二つある。まず一つ目はな、ダクレール男爵領の市民としての登録。市民権を得ねば、奴も護りづらかろう。それは、このアレンティア領で済ませる。十枚程の書類に、君のサインを貰うだけだ。そして、もう一つの方が重要でな。先程も言った通り、男爵領は特殊事情を抱えている。大体のことはハンナ嬢に聞いていると思うが、知らぬこともあるだろう。そこに控えている、キバールカを付ける。あちらの現在の情勢と、国境を接する国々、その中でも特に重要な国について学びたまえ。よいか」

「はい、侯爵閣下。勉強の機会を与えて頂き、誠にありがとう御座います。あちらに行って惑うこと無きよう、ご教授お願い申し上げます」

「うむ、〝清浄宮《うつくしのみや》〟を使いなさい。あそこは静かでよい。晩餐は共にしようぞ。時間も惜しい、ここまでよいか？」

「ご恩情、誠に痛み入ります、侯爵閣下。後程、お会いすることを楽しみにしておりますわ」

「うむ、ではまた後程な。あいつもこの手紙に書いていた通り、八歳の女児とは思えぬな」

侯爵閣下は笑いながらお部屋をお出になったの。

私とハンナさんは臣下の礼を取り、閣下を見送ったのよ。気配が無くなってから、ゆっくりと顔を上げたの。ふと横を見ると、ハンナさんと視線が合ったよ。

——物凄い良い笑顔を浮かべていた。


こうやって、最初の謁見？　みたいなものは終わったんだ。

ふぅ～～～。なんとかなったかな？

ホッと息を吐いて、周囲を見回すの。やっと、その余裕が出来たんだもの。

ハンナさんは、にこやかに誇らしげに私を見ていたんだ。

そして、ギバールカ侍従長はというと、驚いたように目を丸くしていた。

「ギバールカ様、どうでしょう。姫様は特別な御方と、お判りになったと思いますが？」

「ハンナ様、大公家ではこれ程の教育を？　この御歳で？　流石《さすが》と言わざるを得ませんな。これは、私も力が入ります。エスカリーナ様、清浄宮《うつくしのみや》へご案内申し上げます。御当主様、御自らお申し出なさるとは大変名誉なことなのですよ」

「そうですとも、姫様。このお城の清浄宮《うつくしのみや》という場所は、侯爵様の御座所。本領の高位貴族の方々でも、おいそれと入ることの出来る場所では御座いませんわ」

いやその、なんだ。高貴な貴族の方への対応を必死にしていただけだよ。多分、いい感じの受け答えが出来たんだろうね。私も嬉しいよ。

そのおかげで、二日でミッチリと詰め込み勉強が確定したんだよね。

でも、これから必要なことだから、私も必死で食いつくよ。

まずは晩餐までってことね。私も、せめてこれから生きて行く場所の概要くらいは知っておきたいし、きっと疑問も出てくると思うし……

――今夜は眠る時間が、なくなりそうね。

＊　＊　＊

ミッチリ、ガッツリのお勉強。キバールカ侍従長様って、容赦がないのよ。

どさりと積まれた教本の数々。小さい頃から、御本ばかり読んでいたから、読むのは苦じゃないの。御本を読むのは、かなり速い方だと思うのよ。

それでも、量が量だけになかなか進まない。でもね、大半はハンナさんが小さい頃から教えてくれたことだったから助かったわ。

言葉にするのはとても難しいんだけど、ダクレール男爵領って、ファンダリア王国であって、ファンダリア王国では無い場所って感じなの。近隣諸国に隣接しているし、王都中央部からは遠い……なんでも自分達で対処しないと、状況が刻々と変わり、下手すれば危うくなるような場所。

いちいち王都にお伺いを立てているような、そんな悠長なことが出来るような場所では無いんだよ。突発的な出来事なんかは、男爵閣下がご自身で対処される。そして、アレンティア侯爵閣下に事後報告、事後承諾をお受けになるって所かな。

それにね、男爵領はファンダリア王国で唯一『海上戦力』を保有する領でもあるの。外敵は海の向こうからってことね。でね、男爵閣下はその海上戦力を掌握されていらっしゃるのよ。沿岸警備から、海賊対策までね。

海がある領って本当に大変なんだから！

そんな特殊事情を踏まえても、彼《か》の地には自由闊達《じゆうかったつ》な空気が充満しているの。

商人さん達が大手を振って、新たな事業を始められるとか、商工ギルドが他領に比べ、貴族に対してもとても強い権限を持っているとか……

ちなみに、そのギルドのマスターは男爵家の継嗣《けいし》様である、グリュック様なのよ。

詐欺に遭った後、グリュック様が、男爵閣下を補佐し、今の商工ギルドを立ち上げて、なんとか領を立て直したんですって。

そしてね、海を隔てたお隣の国、ベネディクト＝ペンスラ連合王国は途轍《とてつ》もない海洋国家らしいのよ。王家の領地なんてほんの小さいものなんだけど、こと商業方面に関してだと、南の海の大半の通商路を押さえててね、それはそれは巨大な経済圏を作っているんだって。

その余波は、間違いなく男爵領にも届いていて、グリュック様は日々経済戦争に明け暮れているって。


――うわぁぁ、大変そう！


男爵領の官吏の大半は市民である、庶民階級の人達。領の官吏養成学校の卒業者で、経理とか管理とかをミッチリ教え込まれているんだって。

そうしないと、海の向こうの国に太刀打ち出来ないから。かくいうグリュック様も、その学校出身者。男爵閣下は敢えて、王都の王立ナイトプレックス学院に送らなかったそうよ。貴族の名分よりも実利を取った結果だったんだって。

その代わりに、奥様は王立学院卒業者。だから、王都の貴族との折衝とか連絡とか、そういったものは、奥様が一手に引き受けているんだって。

ハンナさん曰く、とっても仲の良いご夫婦だそうね。

そしてね、お勉強を通して『天啓』のようなものが、与えられたような気がしたの。

そう、私の中で何かが変わったのよ。南方辺境域の考え方に、感銘を受けたの。

ダクレール領に於いては、貴族だ、平民だなんて、そんなことはとても些細なこと。誰しもが、精一杯の力を以て、懸命に生きているの。

お教え頂いた南方辺境領の特殊事情は、何も情勢だけのことじゃない。

王都ファンダルとは違い、貴族と平民の間がとても近いのよ。

それは、ダクレール領に於いて、とても顕著なの。

御領自体が大きな家族のようなものだって……

彼《か》の地の法は、私のことも家族だと仰って下さるのね。だから、私もそう思ってもいいよね。この国を守護する精霊様にお願いします。


——私が私らしく生きるために。

心を砕いて下さる家族の皆々様方に御加護を、善き日々が訪れますことを、精霊様に伏し願い、奉ります。

＊　＊　＊

一通りのお勉強が終わるまで、本当に二日間ミッチリかかったわ。

物凄い豪華なベットを用意してもらったのに、あんまり眠れなかったよ。

「いやはや、このキバールカ、姫様のような方に初めてお会いいたしました。思いの外、御教授に力が入ってしまいました。この短期間でよくぞここまで。感服いたしました」

にこやかに微笑むキバールカ様。

「御教授ありがとう御座いました。これから私が暮らして参ります場所についての勘どころを、十分に理解いたしました。本当にありがとう御座いました」

「勿体なく。時間が御座いませんでした。厳しくいたしましたこと、何卒お許しを」

「何分、時間が御座いませんでした。キバールカ様の御尽力に、感謝を」

本音で言えば、無茶しないでよって所だけど、この知識は必要なこと。

最低限の知識だけど……あとは、現地で学べってことね。

＊＊＊

男爵領からのお迎えがついに到着した。

ハンナさんが言っていた通りの、海の色のマントを羽織った、屈強な方々、数十人。

そしてもう一つ……

——王都から乗って来た馬車が、少し様変わりしてたんだ。

無紋の漆黒の馬車だったんだけど、しっかりと男爵家の紋章が書き加えられていたの。ハンナさんもびっくりしてる。そんな彼女を見て、侯爵閣下がご説明下さったのよ。

「大公閣下よりの手向《たむ》けだ。好きに使うようにとな。長らくハンナ嬢を王都に留め置いた詫びとも言っていたぞ。フランシスともよく図り、上手に使え。よいな」

「あ、ありがとう御座います！　こんな立派な馬車を、姫様に御下賜頂けるなんて!!」

ハンナさん、物凄く喜んでるね。

確かにこれなら、王都、王城の門に横付けしたって問題ないくらいのものだもの。

「エスカリーナがあちらで、困らんようにとの思惑もあるのだよ」

私を見詰めながら小声で侯爵閣下が仰って下さった。ハンナさんは、馬車に視線が釘付けだったから、その言葉は、紛れもなく私に向かってかけられたもの。

「勿体なく……いえここは、素直に、ありがとう御座いますですわね」

「そうだ、エスカリーナ。ガイスト卿よりの書状に書いてあった文言を一言だけ、君に教えてあげよう」

「はい」

「エスカリーナは大公家の大事な娘。このガイストの娘だと……そう、書き記してあったぞ」

「も、勿体なく！」

「受け取られよ、エスカリーナ。彼は何より君の幸せを願っている。ファンダリア王国以外にアイツが大切に想うものは、家族だけだそうだ。アイツが大切にしたいと思うものは、私も護ってやりたいと思う。困ったことがあれば、私を訪ねよ。良いな」

「お心遣い、誠にありがたく思います。お言葉に甘えさせて頂きます」

「うむ、良い！　では、行ってまいれ！　彼《か》の地での君の幸せを祈る」

「辺境侯爵様に精霊様のご加護があらんことを。アレンティア領のますますの隆盛を、お祈り申し上げます。短き間でしたが、何から何まで、本当にありがとう御座いました」

アレンティア辺境侯爵領の皆様、本当にありがとう御座いました。

これで、ダクレール領に、不安なく向かえます。

アレンティア辺境侯爵閣下と、領の方々に、精霊様のご加護があらんことを……

＊＊＊

こうやって私は、南方辺境領『領都』城塞都市セトロ＝アレンティアを後にして、旅路に舞い戻ったんだ。周囲には、ダクレール男爵領の護衛の方々数十人。馬車の中には、ダクレール男爵令嬢のハンナさんと一緒にね。

あちらに着いたら、忙しくなりそう。

でも、とっても楽しみなの。

初めましての男爵領は、南方特有の抜けるような青空と、ぽっかり浮かぶ綿菓子のような雲。そして、焼けつくような陽光が印象的だったわ。

他にも印象的だったのが、護衛の方々よ。

彼等の戦闘力というか、護衛能力はとても高く、魔物が多く棲むと言われている『月夜の森』も難なく突破。いやぁ、凄いものを見せてもらったわ。あの恐ろしい『魔狼』を発見すると、たちどころに弓矢を放ち、あっさり排除してしまうんだもの。護衛の方の一人が、倒した魔狼を背負って帰って来た時には、卒倒しそうになったけれど。


――前世の記憶通りの、『鋭い牙』と『大きく裂けた口』。


でも、光が宿っていない双眸は、魔狼が確実に仕留められていることを物語っていたの。魔狼が死んでいると判っていても、身体の震えは止まりはしない。けれども屈強な護衛の皆さんのおかげで少しは安心出来た。

「お嬢さんは、魔狼に襲われたことがあるのですか？」

魔狼を担いできた護衛の人が私に問いかけてきた。

ハンナさんは首を大きく振って否定してたわ。私は大公家の奥深くに暮らしていて、森はおろか街にも出たことが無いんだもの。当然否定するわよね。

「エスカリーナ様は、王都近郊の森にすら入られたことは御座いませんわ。魔狼はおろか、青スライムですらご自身の目でご覧になったことは御座いませんわよ」

「そうなのですか？　ハンナお嬢様。こちらのお嬢様の御様子で、そう思ったのですが……」

「と、いうと？」

「魔物の視線には強い力が宿っています。一度でも襲われたことがあるのならば、身体が本能的に怯えます。ハンナお嬢様も覚えが御座いますでしょう。そちらのお嬢様からは、そのような『怯え』というものが見受けられましたので」

「それならば、エスカリーナ様は数々の御本をお読みになっております。記憶では無く、知識として魔物の脅威を知っておられるのでしょう」

「そういうものでは……無いのですが……」

その護衛の方はちょっと不思議そうに私を見ていた。ごめんなさい、本当のことは言えないの。だからここでは、ハンナさんの解釈に乗っかっておくよ。

それでも、目の前に迫る魔狼の牙とか、頭を齧《かじ》られる感覚とかを思い出してしまったものだから、暫《しばら》く身体の震えは止まらなかった。

そんなこんなでいくつかの村を通り、街道に点在する街に宿泊しながら、二週間程経った。

「海の香りがここまで来ておりますね。もうすぐ男爵領、領都グレイスムーアです。エスカリーナ様、暑いでしょう？　一年中このような感じなのです」

「そうですね、かなり暑いですね。これならば、あのお衣装も納得出来ます」

途中の街で見かける装いは、辺境侯爵様の領都で見かけた衣服よりも更に大胆に露出しているの。なんとね、お腹が出ている服まであるの!! スカートだって、足が見えているの!! 肩も出ていて、見てる私の方が恥ずかしくなるのよ。


——でも、こちらの方達にはそれが普通なんだよね。


ハンナさんも、男爵領に住んでいた時はこんな服を着ていたのかなぁ。

「私は着ておりませんわよ。一応貴族の娘ですから、あそこまでは奔放には出来ません。機会があればと思っておりましたが、父が許しませんでした。暑さを凌《しの》ぐ装いは色々と御座いますから、ご心配には及びませんわ。家に着いたら、沢山お仕立てしましょうね」

私の疑問を察した様子のハンナさん。

そうか、こちらにもちゃんとドレスコードがあるんだ。アレを着ろって言われたらどうしようかと思ったわよ。

＊　＊　＊

海の香りが強くなり、馬車の窓を流れる景色が、耕作地から家々が多く立ち並ぶ街になった頃。

——行く先に砦のような建物が見え始めた。

四つの塔を持つ、堅牢そうな『錬石造り』の建物。華美では無いけれど、質実剛健な雰囲気を醸し出しているんだ。営門に垂れている旗には、ダクレール男爵家の紋章が描かれていた。

あれが男爵閣下のお屋敷、この男爵領の中心地ってことよね。

「長旅、お疲れ様でした。ダクレール男爵領、領都グレイスムーア、男爵居城ムーアサイドに到着いたしました。エスカリーナ様の新しい屋敷に御座いますわ」

「ハンナさん。ありがとう。でも、ここは貴女の御実家。私は御厄介になるだけよ？　それに、あまり長くは居ないわ。出来れば、どこか他の場所で……」

「だっ、ダメです!!　姫様は、私が御世話申し上げます。どこにも行かせはしません。城を出られるのならば、私もご一緒いたします!!」

ハンナさんたら、血相を変えてそんなことを言うの。また説得に骨が折れそうよ。

私の本当の望みは、市井《しせい》の間で暮らすことなんだよ？　もう、籠の鳥は嫌なのよ。

それに、ハンナさんは男爵家の大事な娘御。きっと、私の側にずっと付くなんてこと、男爵家の皆様が許さないわよ。

――縁談を山のように持ってお待ちよ？　きっとね。

なんとも言えない顔をしながらも、軽く頷いておくよ。

ここで説得しようとしたら、大変な目に合いそうだし。

それに、もうすぐ男爵居城に到着するんだもの。言い合いをしてたら、カッコ付かないもん！

＊＊＊

馬車が車寄せに止まる。

やっと着いた。王都を出てから約四週間……本当に遠かったわ。

旅の道中を思い返していたら、馬車の扉が外から開けられたの。扉の横に立っていたのは、執事服を纏《まと》った、シルバーグレイの髪の男の人。胸に腕を水平に挙げて、貴人対応の礼を捧げているの。

ちょっと、ビックリしたよ。

あぁ、これ、ハンナさん向けね。長い間王都に留め置かれ、やっと帰還された、大切な『ハンナお嬢様』なんだものね。

「エスカリーナ様、ハンナお嬢様、お帰りなさいませ。領は本日も快晴で、海も陸も平穏に御座います」

「ゼハール、ただいま。皆元気にしている？　お父様、また無茶をしてない？」

「お嬢様……お変わり無いご様子で、爺は嬉しく思います。まさか、真昼間にお戻りになられるとは思っておりませんでしたので、皆様中でお待ちです」

「ええ、早朝か夕刻ですものね、普通は。でも、一刻も早く帰りたかったので御者には無理を言いました」

「ささっ、お早く。ここは暑いですので。よく冷えたお飲み物もご用意してあります」

「それは嬉しいこと。エスカリーナ様、行きましょう。コレが男爵領なのです。お気を安らかに。これからここが、エスカリーナ様のお家になりますからね」

物凄くいい笑顔のハンナさん。ゼハール様もとってもいい笑顔。

心待ちにしてらしたというのが、とてもよく判る。それに、他の皆様もハンナさんの帰還を心待ちにされていたのね。あちらこちらに目を向けて、にこやかに微笑んでいるハンナさん。ハンナさんの視線が向かう先の皆様が、一斉に頭を下げてるんだもの。


――ハンナさんは、人気者だ!!


そんな中、ゼハール様の先導で、御邸の中を歩くの。

そして着いた一室。大きな木の扉に男爵家の紋章が彫り込まれているわ。

「『会堂』と呼ばれる家族の者が憩う部屋です。さぁ、入りましょう。きっと、皆もエスカリーナ様をお待ちです」

「えっ、そ、そう……なの？」

「勿論です！　さぁ！」

ハンナさんに背中を軽く押され、扉を抜ける。


──す、涼しい!!　何ここ！


物凄く涼しいんですけど！

冷気を吹き出す魔道具なの？

大公家の御邸にもあったけれど、動かしているところは見たことがないわ。あちらは、ここ程暑くならないから、必要では無かったのかしら？

「ハンナ。よく、帰って来た」

身体の大きなクマのような方が、優し気な言葉をハンナさんにかけられたんだ。

強い存在感……きっと、御当主様ね。

「お父様、ただ今帰りました。皆様もご健勝の御様子。ハンナ、嬉しく思います」

「堅苦しい挨拶など必要ないぞ、ハンナ。ここは君の家だからな。それで、そちらの可愛らしい御方がそうなのか？」

「ええ、お父様。こちらが、先の王妃殿下が忘れ形見、エスカリーナ＝デ＝ドワイアル姫様に御座います。ご自身は、貴族籍に無い只人で、ただ、エスカリーナと呼んで欲しいと仰います。お父様。この方が、私が生涯を懸けてお仕えしたく思った方に御座いますの」

「……生涯を懸けてか。エスカリーナ様、お初に御目に掛かります。ダクレール男爵領を拝領しております、フランシス＝ダクレール男爵に御座います。ハンナを気に掛けて下さり、ありがたく思います。ハンナが大切にしたいと思う方は、我が男爵家も同じ思いに御座います故、どうぞ楽になさいますように」

「ご丁寧なご挨拶、痛み入ります。私は果報者で御座いますね。お気遣い、本当にありがたく思います。ですが、男爵閣下におかれましても、ご家族の方々におかれましても、私のことは、只、エスカリーナとお呼び下さいませ。今の私は一介の庶民に御座います。相応のご対応をお願いしたいと思います」

　私の言葉を聞いて、プッと噴き出す、若い男の方。

　多分、継嗣《けいし》様でハンナさんのお兄様……グリュック＝ダクレール様ね。

「父上も、エスカリーナ嬢も何を堅苦しい。ハンナがそうさせたのか？　あのお転婆が、こんなに淑女らしくなっているなんて、流石《さすが》は大公家の淑女教育だ。なぁ、ニーナ。女の目からしても、なかなかのものだろ？」

グリュック様の御言葉を受け、綺麗な女性が言葉を紡がれる。

きっと、グリュック様の奥様であるニーナ様ね。

「ええ、旦那様。ハンナ様も、エスカリーナ様もとても素晴らしいですわね。流石《さすが》に王都に長く暮らしていらっしゃっただけあると、そう思いますわ。お義母様もそう思われますでしょ？」

「そうね、ハンナのお転婆が治っていたら、それは喜ばしいことね。フランシスに付いて、海賊退治などをしていた頃はどうなることかと思っていました。ともかく……ハンナ、お帰りなさい。そして、エスカリーナ、ようこそダクレール男爵領へ！　ダクレールの名を持つ者は皆、貴女を歓迎しますわ」

「ありがとう御座います。その御言葉、大変心強く思います。感謝申し上げます、奥様、若様、若奥様」

シッカリと頭を下げて礼を贈るの。

この方達、ぞんざいな口調と、明け透けな物言いだけど、それはあくまでも表向き。まだ私という者をよく知らず、何者であるかを見定めようとされているのよ。判っちゃうものね。

そんな瞳の色が無かったのは、ご家族の中でダクレール男爵閣下だけだったよ。

まぁ、おいおい判ってくれるんじゃないかな。仲良くして下されば、それに越したことは無いけどね。無くても大丈夫。どうにかなるでしょ！

初の顔合わせは、とても和やか雰囲気になったよ。

私の希望を聞き入れて、皆さん私のことを、エスカリーナって呼んで下さるしね。
よし！
こうなったら、ハンナさんにも是非とも、私のことをリーナって呼んでもらおう！
愛称で呼ぶのは、それだけ近しいってことだもんね!!
私はニッコリ笑いながら、ご家族のお話に加わったの。
お話を聞くだけでも面白いのよ？
本当に。お勉強したこと以上の、実際の御領の様子が伺えるもの。
私が居てもいい場所。私が私自身のままで居場所を見つけられる場所。

——海辺の男爵領。

この街で出来ること、やりたいことを探すんだ！
私は、ここで何が出来るのかなぁ。

＊　＊　＊

その日から、ダクレール男爵家での生活が始まったんだ。

今日は、男爵閣下の御嫡男、次代の男爵閣下である、グリュック様の執務室にお邪魔している。と、いうより、今後のお話をするために呼び出された。まぁ、早めに身の振り方を決めておいた方が良いものね。

「少なくともダクレール男爵領では、十二歳以下の子供にはまともな職はないよ？　たとえそれが花街の遊女になるとしてもね」

出来るだけはやく市井《しせい》で暮らしたいと思っていると話したら……

いいにくいことを、ズバリと言われた。

そうだね、いくらなんでも第一成人である十二歳になるまではどこも雇ってくれないし、まして一人で暮らすことなんて無理よね。

「エスカリーナは、今までに自分で稼いだことはあるかい？　君が、もしこの領の市井《しせい》の間で暮らすというのならば、何か手に職を付けねばならない。出来なければ、あっという間にどこかに連れ去られる。その末路は、よくて労働奴隷、悪ければ性奴隷にされてしまう可能性すらある。ダクレール家の者としては、そんなことは容認出来ない」

「そうですね。まさしくその通りだと思います。でしたら、私はどうすればよいのでしょうか。ご教授いただければ嬉しいのですが」

「うん、君のことは、この家の『預かり』という身分でどうかな？　父上にもそうお願いした。君が市井《しせい》で暮らせる力をつける助力をしようと思う。まずは、実務に耐えられるだけの勉強かな？

それと、君が何になりたいか、ゆっくりでいい、それを決めて欲しいな。まぁ、おいおい、色んなことを決めていこう。ハンナがついているし、あれは君をとても大切にしているから安心しなさい」

「はい。よろしくお願いします」

そうだね、八歳女児が何かになろうとしても、それは社会が許さないものね。

王都でも、この辺境でも同じよ。まずは勉強かぁ、頑張ろっと！

お屋敷の、ちょっとした離れのような場所が私の居場所になったんだ。内でも外でもない場所。なんか、私の立場を象徴するような場所だよね。

そこでね、グリュック様が手配してくれた先生とお勉強をすることになったのよ。

最初に簡単な試験があってね。算術、外国語、領地経営、経理……大公家での勉強がどのくらい出来ているかを見られたんだと思うよ。

まぁね、前世の記憶もあるし、大体は問題は無かったわ。面白いのがね、重点的に試されたのが算術と経理だったってことよ。この領の特色だよね。

試験が終わってから、今度は魔法の先生が来たんだよ。

多分ハンナさんがグリュック様に〝お小遣い稼ぎ〟のことを話したんだろうね。だって、その魔法の先生、私が【錬成魔法】を使えることをご存知だったんだもの。

「出来ることを見せなさい」って言われてね。先生の前で、いくつかのポーションを錬金魔方陣だけで造り出したのよ。なんだか、絶句されてた。

そうか忘れてた。本来、ポーションを作るのなら、錬金釜を使わないと出来ないものね。

出来上がったポーションを持って、先生はどこかに行ってしまったよ。

＊＊＊

「エスカリーナ、今、いい？」

ある日、グリュック様の奥様であるニーナ様が、離れに来られたんだ。

ニーナ様はこちらの衣装がよく似合うとても美しい方なの。お話も面白いし、王都に出回る噂話なんか、どこで仕入れるのかしら？　ってくらいによくご存知なのよ。

「はい、ニーナ様。何か御用でしょうか？」

「いえね、今度、男爵家の集まりがあるの」

「はい」

「大丈夫よ、貴女に出席を求めたりはしないわ。嫌なんでしょう？」

「えぇ、その、まぁそうなんです」

「判っているわ。それに、こちらに来てまだ時間も経っていないし、王都での噂もまだまだ根強く残っているしね。国王陛下が宣言なされた、前王妃様との『白い結婚』のことは、まだ十分にこちらには浸透していないの。貴女が不義《ふぎ》の子と呼ばれるような、そんなこと。私だって認められないわ。もう少し時間を頂戴ね」

私がお茶会に出たくないのは、もう私は庶民で、貴族の真似をする必要が無いからなんだよ。ちょっと、誤解されているね。でも、ニーナ様のお心遣いはとても嬉しいわ。

それにしても、なんで私を訪ねて来たんだろう？

「そのね、ちょっと、お願いがあるの……」

「なんで御座いましょう？　私に出来ることならばなんなりと」

「今度のお茶会がある御家は、ちょっと遠いの。ダクレール男爵家の長距離用の馬車がね……その、草臥《くたび》れていて。その、貴女の馬車を貸してもらえないかしら？　当然、御礼は……」

「あぁ！　私達が王都から乗ってきた馬車に御座いますね。どうぞ、お使い下さい。私には、とても使いこなすことが出来ませんので。男爵家の皆様でお使いになって頂けると、とても嬉しく思いますわ」

「そうよね、図々しいわよね……えっ？　今、なんと仰ったの？」

「どうぞ、ダクレール男爵家にて、お使い下さいと。馬車には男爵家の紋章も入っておりますわ。なんの問題も御座いません」

「そ、そう！　あ、ありがとう!!　何か御礼をしたいんだけど、何がいいかしら？」

御礼かぁ。何もいらないって言ったら、あの馬車を使うことも遠慮されるだろうし……

そうだなぁ……私がこの街を出歩くには、馬車が必要だってハンナさんが言ってたよね。だったら、お古の馬車……使ってないようなものを貰えたら嬉しいな。

それにさ、色々と直して改造するのも楽しいと思うのよ。そんなこと、大公家ではさせて貰えなかったしね。ドワイアル大公閣下の御邸の厩舎で、馬丁のヘーズさんと色々とお話ししててね、試してみたいこともあったんだ。

「……では、ニーナ様のお言葉に甘えまして……今使っていない、古い馬車を一台、荷馬車でも壊れていても構いませんので、頂けませんか？　ハンナ様より、この領での移動には、馬車が必要だと教えて頂いておりますので」

「えっ？　貴女はあの馬車はお使いにならないの？」

「ええ、ニーナ様。あの馬車は豪華過ぎますし、普段使いなど出来ませんわ。あれ程の豪華な馬車では、維持するのだって私の手にはあまりますもの。ですからあの馬車は、男爵家の方々で使って頂いた方が助かるのです」

私の言葉を聞いて、困惑気味のニーナ様。

やがて、諦めたように、ちょっと恥ずかしそうに言うの。

「あのね、エスカリーナ。恥ずかしい話なんだけど……ダクレール男爵家は、色々なことが重なって、あまりいい財政状態じゃないの。それで、使っていない馬車っていうのが……その、かなり……。いえ、正直に言うわ、男爵家にまともに使える馬車は一台しかないの。その他の馬車は……」

「そうですの？　では、その中で一番使えないものをお譲り下さいませんか？　もう、廃棄するようなもので構いません。それならば、どう使おうと、あまり気にする必要も御座いませんから！」

ニーナ様のアンバー色の瞳に、困惑の光が揺れる。

だって、本当にバラバラにしちゃうかもしれないもの。使える馬車を解体するのは気が引けるし、丁度良いのよね。ニッコリ微笑んで、頭を下げたんだ。

「エスカリーナが、それで良ければだけれど……本当に壊れてるのよ？　いいの？」

「勿論で御座います！」

元気よく答えておくよ。そうしたら、ニーナ様も笑って下さった。

ついでにね、馬車の改造に必要な職人さんを紹介して下さるようにお願いしたの。鍛冶屋さんや、馬具屋さんをね。快く承諾して下さったわ。

やったぁ～～～！

改造に必要な代金は、大公家でお小遣い稼ぎしていたから、それを充てよう！

ハンナさんにも言わなくちゃね!!

＊＊＊

後日、大公家の馬車の代わりとなる馬車を見せて貰ったの。

ダクレール男爵家の厩舎の方が、申し訳なさそうに私を見ていたわ。その荷馬車はね……

――本当に壊れかけだったよ。

見事なオンボロ荷馬車。これではニーナ様が口ごもるのも無理は無いわ。辛うじて使えるという感じの馬車だった。広い荷台はあちこち穴が開いてるし、車輪だって、かなりガタガタ。馬を取り付ける所も、御者台も、今までよく使っていたなぁって感じ。

――大公家じゃ、こうなる前に新調してたね。

でも、ここは辺境。しっかり最後まで使い切るっていうのは大切なことよ。

それに、荷馬車って頑丈に出来ているもの。車軸とか荷台の基本的な部分は、それ程痛んでないもん。車輪だってキッチリ回るし、懸命に使える状態を維持しようとした跡がある。

——大丈夫、イケるかもしれない。

私が、そのオンボロ馬車の前でニンマリと笑っていると、ハンナさんが血相を変えて走って来た。

「姫様!!　ニーナ様となんてお約束をなさったんですか!!」

「ハンナさん。〝エスカリーナ〟でしょ？　この馬車は、ニーナ様がお下げ渡し下さったの。私が預けていた『お金』があるでしょう？　この馬車の改造費に充てます。ほら、大公家の馬丁さんのヘーズさんから、異国の馬車に関しての面白いお話を聞いているし、試してみたくて」

「それと、どう関係があるのですか!!　このような廃棄寸前の馬車と、大公閣下より頂いた馬車を交換するなんて!!」

「だって、アレは男爵家に贈られたものよ？　私のじゃないわ。それに、あんな豪華な馬車、普段使いするには勿体ないし、ニーナ様の方が上手く使って下さるわ」

男爵家の財政事情とその現実を思い出したのか、ちょっとお怒りが薄まった様子のハンナさん。

それに、男爵家にも体面ってものが必要でしょう？　ニーナ様、かなり苦慮されていたみたいよ？

男の人達は、そんな機微なんて判らないでしょうしね。

「そ、それは、そうですが、何もこのような廃棄寸前の馬車と交換されるなんて……」

「あら、馬車の大事な部分はしっかりしているし、改造すればいいのよ。あのね、ハンナさん」

しっかりとハンナさんを見詰め、私が思っていることを告げるの。

そう、これは私が私たるを証明する試験なんだよ。

以前、グリュック様にも言われたこと。

私が私の価値をどう見出せるかって言うこと。それが知りたいの。

それにね、大公家で、手に職を持つ人達から色々と教えを受けていたんだもの。試したくなるでしょ？

「なんでしょうか？」

「これも、試験みたいなものだと思うの。私の持っている『知識』が、実際にどれ程役立つか試す試験。でも、私一人じゃ出来ないからね。ニーナ様にご紹介してもらう職人さんと一緒に頑張ろうと思うの。いいかしら？」

「……はぁ。エスカリーナ様はお小さい頃から、言い出したら、何があろうと実行されますものね。判りました。では、兄にも良き職人様を紹介して頂きましょう。こちらの資金もちゃんと提示して」

「ありがとう。私は、ヘーズさんに聞いた面白そうなもののことを書き出しておきますね。あぁ、鍛冶屋さんもお願いします。ちょっと珍しいものを作らなければならないの」

「判りました。手配いたします」

さぁ、馬車を直そう。きっと上手くいくと思うの。

私一人の力じゃ出来なくても、皆と力を合わせることが出来たらね！
どんな職人さんを紹介してもらえるんだろう！

——本当に、楽しみ!!

第二章　エスカリーナの試策と努力

貰ったオンボロ荷馬車に乗って、グリュック様とニーナ様にご紹介頂いた、鍛冶屋さんに向かったの。ギシギシと音を立てるオンボロ荷馬車。私とハンナさんは、荷台に載せた椅子に腰を下ろしていたのだけど、いつ放り出されるか……なんて心配をしてた。御者さんも四苦八苦しているわ。行先は、領都グレイスムーアの外れ。職人さん達の街からも、離れている場所。

ハンナさんが言う通り、馬車移動でなかったら、相当時間が掛かったろうね。御邸を出てから、二刻程掛かってやっと着いたんだ。

その鍛冶屋さんは心寂《うらさび》しい場所にあった。ツタの生えた軒先とか、あちこち隙間のある壁とか、本当に鍛冶屋さんなの？　って、疑問に思う外観だったわ。

でもね、隣のハンナさんを見たら、ここが目的地で間違いないって判ったんだ。

だって、ハンナさん、小声で呟いていたんだもの。

「馬鹿兄様、よりにもよって、ここを紹介するなんて」

ってね。ハンナさん、何か知ってそうね。グリュック様に「気難しい人だから、断られるかもしれない」とはお聞きしていたんだけど、それ以外に何かあるのかな？

よく判らないけど、行きましょうか。

荷馬車から降りて、オンボロ小屋の入り口から声を掛けたんだ。

「お邪魔します。グリュック＝ダクレール様の御紹介で参りました。お時間を頂けますか？」

現れたのは、怖い見た目をした〝おじ様〟だったの。大きな身体に、巨木のような腕、真っ赤に充血している瞳。そして、強靭な下半身と、薄い緑色の肌。

話には聞いていたけど、本当に存在するとは思っていなかった。

半人半妖のドワーフ族の人。

彼が、グリュック様がご紹介下さった鍛冶屋さんね。

決して武具は作らず、貴族の御威光も通らず、とても気難しいけれど……


——でも、腕はとても優秀。


昔は武具も作っていたそうで、お作りになられた武具は、剣にしろ鎧にしろ、〝伝説級〟なんだって。

でも彼は、自分の武器で沢山の人の命が失われることに心を痛めてたんだって。

そんな中ね、心を寄せていた女性剣士が魔物の森で命を落としたことをきっかけに、武具を作らないって公言するようになったんだって。

――曰く、「どんな武具を作ったところで、大切な人一人護れなかった。ならば、武具など作らん！　人を助けるものを作る」ってね。

その気持ちはなんだかとっても理解出来るの。自分が作ったものが、人の命を奪うのでは無く、人を助けるものであって欲しい。そんな、純真な心を持っている方だって、グリュック様が仰ってたの。

オンボロ小屋の中からのっそりと出て来た彼は、道端の小石を見るような目で私を見て、声をかけてきた。

「お嬢ちゃん、何か用か？」

「は、はい！　お願いがあって参りました!!」

大きな声で応えるんだ。ハンナさんは震えて、声も出せないようだから。

「おう、こっちの〝ちっこいの〟の用事か。玩具なら表通りに売ってるぞ？」

「玩具……って。いいえ、違いますわ。私は貴方を訪ねて参りましたの。グリュック様に腕の良い鍛冶職人である貴方を、ご紹介してもらいましたので、ここで間違いないと思います」

「で、男爵さん所の『御令嬢』と一緒に来たと。それで、俺に頼みたいことか。……武具は作らんぞ？」

「ええ、お話はグリュック様にお聞きしております。それに、この御願いは男爵閣下とは関係御座いません」

「そうなのか？」

無造作に頭を下げて、覗き込むように私の顔をマジマジと見詰めてくるんだよ。

――まるで魔物に魅入られたみたいに、身体が硬直したよ。


でも、ここで目を逸らしたら、きっと話を聞いて貰えない。

だから、必死で見詰め返したんだ。

「ん。良い目だ。話を聞こうか。何が欲しい？」

やっぱりそうだ。真剣に向き合うと、相手も真剣に向き合ってくれる。

「私はエスカリーナといいます。よろしくお願いします」

「俺はブギット。見ての通りのドワーフだ。お嬢ちゃん、この見てくれは怖くは無いのか？」

「いいえ！　私は本で読みました。鍛冶屋さんは、見た目よりも何よりも、作った品物が大事だと。それに、グリュック様にご紹介して頂いた方ですから、腕の方は間違いないでしょう。それならば、外見など取るに足らぬことでは御座いませんか？」

そうは言っても、多少は怖いわよ。

でも、怖がって前に進まなかったら、誰とも仲良くなんてなれないと思ったの。

だから、勇気を出して、そう応えたのよ。そうしたら、ブギットさんったら腕を組んで小首を傾げ、私を見るのよ？

いや、あのね、そんな棍棒みたいな腕を組んで、睨みつけるように見られたら、逃げ出したくなるわ。ねぇ、ハンナさん、そんな端っこに居ないで一緒に居てよ！

唐突にブギットさんが破顔したの。本当に、突然にね。ビックリしたわ。

「クックックッ。まったくなぁ……あいつと同じことを言ってくる奴が居るとはな！　よし判った。お嬢ちゃんの頼みとやらを聞いてやるよ！」

笑顔が怖いって、どういうことなんだろうね？

促されるままに小屋に入り、炉の側にある小さなテーブルに着いたんだ。

「お嬢ちゃん、貴族様じゃないんだな？」

「ええ、違います。あっ！　ハンナさんは男爵家の御令嬢ですけど」

「ハハハ、いや、話を持ってきたのが、あんたなら、それでいい。で、なんだ。何を作って欲しいんだ？」

この方、貴族にはあんまりいい印象を持っていないみたい。そこは別に構わないんだけど、ダクレール男爵家のことは嫌わないで欲しいな。

鞄の中から、異国の馬車について書き連ねたものを出したんだ。

「で、コレが、欲しいものか？」

「ええ、そうなんです。馬車の車軸と荷台の間に取り付けるものなんですが」

紙に書きだしたのは、ヘーズさんの話を基《もと》に想像で描いた絵。

私の欲しい部品は、ファンダリア王国には無いものなの。馬丁のヘーズさんにしても、話を聞いたことがあるだけで、実物は目にしたことが無いって言ってたものね。

弓みたいな形の部品が、二つで一組。それを車軸と荷台の間に取り付けると、荷台がとても安定するっていう面白いもの。高級馬車に使われている『魔道具の緩衝装置』みたいな役目を果たすそうなんだけど、本当なのかしらって思っていたの。

だって、魔道具は、それ自体が相当に高価なんだよ。コレが本当にその代わりになるなら、相当安価に高級馬車並みの乗り心地の馬車を作ることが出来るわ。

「そうか、なるほどな。材質は鋼鉄で……軽くするためには、薄くして重ねて使うか？　鋼製の弓を作るのと大して変わり無いな。……まぁ、出来んでは無いな」

「どうでしょうか？」

「面白いな。いや、なかなか。お前さんが考えたのか？」

「いいえ、遠い異国で使われている部品だそうです。話を聞きました」

「話だけで、この絵図面は描けんだろ？」

「以前お世話になっていたお家の、馬丁さんが詳しく教えて下さったんです」

「そうか、現場の人間が絡んでたのか。ならば、この絵も描けるな。判った。今から作ってみるか！」

そう言うと、のっそりと立ち上がるんだ。いや、すぐ作るってどういうこと？

ブギットさんは、炉に入っていた幾本かの真っ赤に焼けた鉄を取り出してね。何やら吟味し始めたんだ。もう、こうなっては、私の言葉なんか届かないと思うよ。もう、あとはお任せだね。

暫《しばら》くその様子を見ていたんだけど、私達のことは眼中に無いって感じだから、お邪魔にならないように外で待つことにしたんだ。

「エスカリーナ様は、恐怖心というものが無いのですか？　彼を前にして、一歩も下がらず物言う人を、私は今まで見たことが御座いません。兄であっても初対面の時には泣き出したと聞きます」

外で待っていたら、ハンナさんが私に問いかけてきたの。

「私にだって怖いものはあるわ。でも、『お話』を聞いて貰えないと困るもの」

「『奇跡の鍛冶屋』と呼ばれていたんですよ、ここ」

「そうなの？　ブギットさんの腕前は確かってことよね。でも、呼ばれていたって、それって」

「ええ、腕は確かなんですが、性格的に問題が御座いまして……」

とっても歯切れが悪いのよ。何があったのか知らないけれど、それも含めてのブギットさんなんでしょう。だから、敢えて聞かない。悪い噂をたてられる辛さは誰よりもよく知っているもの。

小屋の中から、槌を打つ音がずっと響いているの。その音は澄んだ高い音。悪い人が出せるような音じゃないと思うのよ。真摯《しんし》に正直に、金属と対話している。そんな音なのよ。

ハンナさんの不安や困惑は、私には判らない。

でも、思うのよ。ああやって、無心に槌を振るえるってことは、ブギットさんにとってはそんな噂なんて、どうでもよいことなんだろう。

——案外早く出来るのかもしれない。

ワクワクした気持ちが湧き上がってくるのを、止められないのよ。

＊　＊　＊

日が傾き、そろそろお屋敷に戻らないといけない時間になってしまった。

お暇《いとま》の挨拶をしなきゃと思った時に、ブギットさんが小屋から出て来たんだ。

「お嬢ちゃん。出来たぜ。まぁ、絵図通りとはいかねぇがな。取り付けてみるかい？」

「えぇ？　出来るのですか？」

「馬車だって、装備の一種だ。俺の所じゃ昔っからやってる」

有難い申し出だったわ。馬具屋さんに、作ってもらった部品のことを一から説明するのは、ちょっと面倒だなって思ってたしね。取り付けてくれるのなら、とっても有難いよ。

「お願い出来ますか？」

「あぁ、面白そうだし、実際のところを試してみたいからな。それにもし上手くいったら、俺んところでたくさん作ってみたくもあるな」

「それも、お願い出来たら嬉しいですね」

「まったく、お嬢ちゃんときたら……あのボロイ馬車だな。陽が沈む前に取り付けは終わるよ」

そう言って、私達が乗って来た馬車に向かう、大きな背中。

「帰りは歩くことになるんでしょうか？」

「ブギットさんは陽が落ちる前に、取り付けられるって言っていたわよ」

「なら、良いのですが」

周囲をちょっと怖そうに見ているハンナさん。

多分、この辺りは治安があまり良くないんだろう。街外れだし、裕福そうなお家もあまり無いし。

私とハンナさんと御者さんの三人は、トンカン音のする方を見てたの。ブギットさん、馬車をひっくり返してたよ。あれって、ドワーフ族だから出来ることなのかな。

「『奇跡の鍛冶屋』の主人、ブギットがここまで協力してくれるなんて特別ですよ。あの馬鹿力で、色んな問題を引き起こしていたんですから」

「そうなの？」

「ええ、私も知っている事実ですわ。鎧兜一式を注文に来た子爵家の方の剣を素手でへし折ったり、戦斧の鍛え直しを申し入れた騎士様を拳一つで叩きのめしたとか」

「それって、嫌がるブギットさんに無理矢理、仕事をさせようとしたからじゃないの？」

「えっ？」

「だって、もう武具は作らないって仰っていたんでしょう？　そう考える方が妥当よ。男の人だから、会話で解決するなんて人も少ないだろうし、まして職人さんでしょ？　おへそを曲げられたら、絶対に仕事なんてして貰えないわ」

私がそう言うと、何やら難し気な表情を浮かべるハンナさん。

職人さんってそういうものだと思うのよ。注文主が貴族であろうと、大商人であろうと、自分の意志を曲げない。前世で私が大公家の権威を振りかざしても、テイラーの方達は上手く私の要望を断っていたもの。

「御意思は承《うけたまわ》りましたが、難しいかと。職工達の手にも限界が御座います故、何卒、ご容赦を」

何度も聞いた言葉よ。そしてその後、ドワイアル大公家の侍女さん達が陰で苦情を言い合うの。

「またあのお姫様が無茶を言って、職人さん達を怒らせたんだって！　もうドワイアル大公家の仕事はしないって言われたそうよ。こっちの身にもなって欲しいものね！」

ってね。

だから、なんとなくだけど、そう思うのよ。職人さんの気持ちを損なったら、どうしようも無い。

たとえ、王侯貴族の威光で迫っても、彼らの誇りがある限り、唯々諾々《いいだくだく》と命令を受けるようなことはないってね。

だから、私は真摯《しんし》にお願いする以外に無いの。現世では絶対に驕慢《きょうまん》にはならないわ！

「お嬢ちゃんの言う通りだな。嫌な仕事は、どんな対価を出されようと受けんよ。まして、武具なんざな」

怖いと感じる笑みを強面の顔に浮かべながら、ブギットさんがこっちに戻ってこられたの。

すでに馬車は元通りになっているよ。


――もう取り付け終わったの？


「よく整備してあるから、問題なく車軸は外れた。ほったらかしにしてたら、ここら辺りが固まって一仕事なんだがね。助かったよ。さぁ、馬を付けて乗ってくれ」

「えっと、御代は……」

「まだ完成って訳じゃない。試作品だ。乗り心地とか、おかしな点があれば教えてくれ。壊れはしないとは思うが、何せ初めて作ったもんだ。何が起こるか判ったものじゃない。少し乗り回した後、手直しする。完成した時に御代は貰う」

「あ、あの、如何程？」

「まぁ、ある物使ってでっち上げただけだからな。金貨二枚もあれば十分だ」

「判りました。走ってみて、問題があればブギットさんにお伝えします。問題が無ければ、取り付けたままで御代をお支払いいたします。明後日くらいでは、どうでしょう？」

「おう、待ってるぜ」

大きな身体を揺すりながら、アハハと笑い、馬を馬車に取り付けてくれたブギットさん。

陽が落ちる前に、ブギットさんの所から帰路についたの。

＊＊＊

「エスカリーナ様？」

「何かしら？」

「この馬車って、私達が乗ってきた馬車ですよね」

「そうでしょうね？　作業しているところを私達も見ていたし、見た目は変わらないものね」

ハンナさんと二人で無言になって、顔を見合わせたわ。

だって、乗り心地が全然違うんだもの。揺れないし、お尻も痛くないの。あれだけギシギシ鳴っていたのに、それも無く、凄く快適になっているのよ。

御者さんもびっくりしてる。大きく轍《わだち》に車輪を取られても、苦労せず元に戻れるし、揺れも格段に少ないって。

う、うふふ、うふふふふ。

ニンマリとした笑みが、私の頬に浮かび上がるの。いけるこれ、イケるよ!!

この成果で金貨二枚は、本当に安いと思うのよ。まだ、資金はあるよね。だったら、この馬車に箱を乗せて、箱馬車にしてみたいな!!

そうだ、明日にでも馬車屋さんにいってみよう!

＊＊＊

晩餐後に、ちょっと図書室をお借りしたのよ。この御邸には、歴代の当主の方達が収集された『希少本の蔵書』があるって、ハンナさんが言ってたからね。

それでね、滅多に見ない『魔導書』を見せて貰おうと思ったのよ。

魔導書は色んな種類があるんだけど、使い手のあまり居ない闇属性の魔導書は本当に希少なんだよ。昔の教本は読んだことがあるんだけど、他の属性のように詳しい記載が無いの。魔方陣だってそんなに沢山は載って無いしね。

まぁ、闇属性の魔法って、有名どころでは【魅惑】【魅了】なんていう、精神感応系の魔法が多いし、その上、禁忌魔法だって、山程存在するんだもの。そういった魔法はファンダリア王国の王宮魔導院が一括管理していて、まず、御目に掛かることは出来ないのよ。

でもね、ここにはあるかもしれないもの、そんな『希少本』がね。
もう夜もすっかり更けて真っ暗になった廊下を、手の上に【灯火】で明かりを灯して、図書室に向かったの。
暗闇は怖くない。小さい頃から、暗闇は友達だったんだ。何も見えない、上も下も判らないような、そんな中でよく考え事を、していたの。

――前世のこととか、今、生きている意味とか。

それに、小さな【灯火】でも良く見えるんだよね。夜目が利くから。
図書室の重い扉を開いて中に入ると、古い書物独特の匂いがしたんだ。他の方はあんまり利用されてないみたいね。
書架の間を巡り、魔法関連が置かれている棚を見つけたの。かなり古い言葉で書かれているものもあるんだけど、まぁ、読めるわ。前世の知識を総動員してだけどね。

――そして一冊、『お目当て』と言うべき魔導書を見つけたの。

古代フェニル語で書かれていたのは、紛れも無く闇属性の魔導書だった。

パラパラとめくるだけで、知らない魔方陣がいくつも見つかったよ。

近くの読書机で、見つけた魔導書を読み込んでいったのよ。

魔導書に記載されていた闇属性魔法は……

体内保有魔力を代価に『魂の宿らないもの』の、時間を巻き戻せる【時間遡上】。

魂の生命力を代価に『魂の宿らないもの』の、時間を進める【時間進行】。

精神力を代価に『魂の宿らないもの』の、時間を止める【時間停止】。

勿論、時間の長さは決められるし、効果もどれくらいにするか、代価の量も決められる。

まぁ、言ってみれば『時間』を操る魔法なんだよね。勿論、『禁忌魔法』だよ。


——でもね、誰も見ていないところだったら判らないもの。


魔導書を読み込んでいたら、真夜中を過ぎていた。

今夜は月が出ていなくてとても暗い。ちょっとお忍びするには絶好の夜。

フフフ、読んで、理解して、使えそうなら、使うよね。

真夜中の厩《うまや》。誰も周りに居ない。夜に鳴く虫だって、こんな深夜には静かなものよ。夜回りの衛兵さん、非常時以外はあんまり熱心じゃないから、簡単にすり抜けられたんだ。

——目的地は例のオンボロ馬車のある厩舎。

ほら、車輪がかなり傷んでたでしょう？　あれ、どうにかしたかったんだ。覚えたての魔法の練習がてら、オンボロ馬車の車輪を直そうと思ったの。

車輪の一つに、さっき覚えた『魔法術式』を展開するの。

使うのは【時間遡上】。車輪をボロくなる前の状態に戻せればなって思ってね。一応、三年くらいを想定したのよ。代価は、私の体内保有魔力を少しだけ。あとは、キチンと発動するかどうか……

だって、物凄い昔の術式だからね。時代と共に何かが失われている可能性もあるじゃない。魔法術式を展開したことで現れた魔方陣に魔力を込めてっと！

——発動!!

車輪の一つが青白くぼんやりと光るの。

見てる間に、車輪についている傷が消えていくのよ。全体的にボロボロだったのが、多少は見られるようになったというか、かなりマシになったと思う。

魔力にも余裕があってね、あとの三つも、同じように術式展開したの。

そんなに時間もかからずに四輪とも終わったよ。かなり新品に近くなったと思う。ほら、荷馬車って寿命が短いし、それ以上やると、どんなことになるか判らないもの。下手すれば、バラバラの材料状態に戻っちゃうかもしれないし。思った通りになったよ。これで、暫《しばら》くは使えるはず。

このことは……黙っておこう。

私が使ったのは、禁忌魔法だから、他の人に知られたら大変なことになるよね。

だから、知っていることも、使えることも内緒にしてかないと……ダメよね。

コッソリと寝室に帰ったら、ハンナさんが怖い顔をして待っていた。

「エスカリーナ様！　こんな夜更けにどこに行かれていたのですか⁉」

「えっ、えっと、図書室で本を読んでる内に、時間を忘れてしまったの。ごめんなさい」

ハンナさんは、両の眉毛を下げて泣きそうな顔をしたまま、私をギュッて抱き締めてから言ったの。

「お一人にならないで下さい。姫様にもしものことがあれば、私、どうしたらいいか、判らなくなりそうです」

ご、ごめん！　本当に、ごめんって！

黙って行動するのはやめます。ちゃんと、ハンナさんには話します。

だからそんな泣きそうな顔しないで、お願いよ!!

案の定……翌日からまたハンナさんは、私にべったりになったのよ。

＊　＊　＊

翌日は、例のオンボロ馬車で馬車屋さんに向かったのよ。

今度のお店は、まだ開業してからそんなに時間が経ってない、新しいお店だそう。ハンナさんがグリュック様にお伝えした私の『手持ち』だと、一流どころの馬車屋さんでは、話も聞いてくれないだろうって。

やっぱり、馬車の部品って高いのね。

そういう訳で、開業して間もない新進気鋭の馬車屋さんをご紹介頂いたんだ。

まぁね、馬車本体を買うんじゃなくて、部品の購入だもんね。なんとか、なりますよね。

私達が乗った馬車は、スイスイとグレイスムーアの街を進むの。ほら、ブギットさんに作ってもらった部品が、とてもいい仕事をしてくれているの。揺れも少なくって、楽ちんよ！

その上、車輪はまるで新品同様になったしね。御者さん、不思議そうにしていたっけ。

あとは、乗るところも箱型にすれば、かなり移動に使いやすくなるよね。雨の日でも気にせずお出掛け出来るようになるもの。

私達の目的のお店は、馬車、馬具屋さんの集まっている地域からちょっと外れた場所にあったんだ。

なんというか、こぢんまりとしてるというか、小さいというか……

お店の中は、小型の馬車が入れば一杯になりそうなくらいね……

まぁ、私はちょっとしたものしか買わないから、こういったお店の方が良いんだけどね。

表の道にある車寄せに、オンボロ馬車を止めるの。

それで、お店に向かったのだけど……違和感を感じたんだ。


——静かなんだよ。

とっても、静かなんだ。商売をしているって感じがしなかった。ここに来るまでに、馬車、馬具屋さんの前を通ったんだけど、どこも活気に溢れていたんだよね。それなのに、ここにはその熱気というか、活気がひと欠片《かけら》も無いんだ。

——本当に人が居るのかな？


不安を抱きながら御声掛けをしたんだ。

「お邪魔します。グリュック＝ダクレール様の御紹介でこちらに参りました。お時間を頂けますか？」

お店の中は薄暗くて、キャリッジが一台あった。

普通のキャリッジは、御者台も乗る場所も剥き出しなんだけど、そのキャリッジは特別製らしくて、乗る場所がきちんと囲われていた。

素直に綺麗だなって思えたの。これを作った人、相当腕のいい職人さんだと思うわ。

でもね、そのキャリッジ、半分以上解体されてたんだ。

まず、車輪が無い。そして、御者台付の箱を載せる台車も無く、馬に取り付けるべき馬具も無い。あるのは、取り付けるための金具だとか、材料だろう木の板とか。

どういうことかな？

ふと横を見ると、ハンナさんが、呆れた視線をお店の傍らに向けていたのよ。つられてそちらの方を見ると、お店の片隅で、一人の男の人が酒瓶を抱えてひっくり返っていた。

「なんでぃ！　もう、俺は終わりだ!!　何も作れねぇ!!　資金もなんもかんも失っちまった！　くそぉ～～あいつら～～」

定まらない視線を泳がしながら、寝言みたいにそんなことを喚《わめ》いている男の人。

この人、紹介してもらった職人さんかしら？

「何があったのですか？　イグバール様。このような有様になっているとは、聞いておりませんわ！」

イグバール様？　ハンナさん、お知り合いなの？

男の人が、虚ろな目をハンナさんに向けたんだ。その瞳に、意思の光が戻ったんだけど、表情は荒《すさ》みきってるよ。

「おやおや、ダクレール男爵家のハンナお嬢様。これは、お久しぶりに御座いますなぁ～。お美しくなられましたね。このようなむさ苦しい場所にお運びになられるとは、恐悦至極に御座います」

「何を言っているのです、イグバール様。この有様、いったい何があったのですか！」

「いやはや、お貴族様に申し上げるようなことでは、御座いませぬ故、御捨て置き下さい」

ハンナさんの顔に苛立ちの表情が浮かぶの。この人、どうしちゃったの？

物凄く荒《すさ》んだ表情でハンナさんを睨みつけているのよ。

「そんな言葉遣い、貴方らしくないわ。いったい何があったの？　教えてくれてもいいじゃない！　イグバール!!」

あら？　素になってるわ、ハンナさん。よっぽどこの人のことを心配しているのね。

ハンナさんの言葉を聞いて、イグバール様は荒《すさ》んだ表情をちょっと、和らげたんだけど……

今度は悔しさとか、絶望の色とかがごちゃまぜになったような表情を浮かべたの。

「なに、なんてことは無い。上手く乗せられて、全部失ったってだけさ。馬車屋も廃業しなきゃな。兄貴達の言う通り、出来損ないなんだ、俺は」

「嵌《は》められたの？」

「あぁ、まさしくな。一応、軌道には乗ってたんだぜ、この店。あちこちの〝御貴族様〟にも御贔屓《ごひいき》にして貰ってたし、荷馬車だって売れていたんだ。それである日、馬車組合の偉いさんから、子爵家の仕事を回されてな、打ち合わせも何回もやってたんだが、最後の最後でやめた！　だと。あっちの要望を全部取り入れたんだぜ？　高価な魔道具だって、特殊な結晶ガラスだって」

「何故、取りやめになったのです？」

「その子爵家の息子がな、俺の顔を見て、こんな奴からは買わない。一流の馬車屋のじゃないと受け取らないってさ。親である子爵はその言葉をあっさり受け入れてな。おかげで、残ったのは無理して作った魔道具の借金と、この残骸だけだ」

「ば、馬車組合は!?」

「知らねぇってさ。あくまで窓口になっただけだと。組合だって大手の言いなりだしな。あいつ等もグルかねぇ。派手に営業してたから、目を付けられていたのかもしれねぇな。大手の奴等は、俺んところみたいな小さい店が伸びるのを、嫌ってたしなぁ……いいものを作ったら、喜んでもらえると思ったんだけどな。兄貴達の嘲笑が目に浮かぶぜ、しょせんは出来損ないだってな」

なんだか、イライラしてきた。

努力して作り上げたものを否定されるのはとても辛いこと。それは、それは、心が削れる。

でも、自分がやってきた努力じゃない、自分に誇れないでどうするの！

どのくらいの借金が残ったのかは知らないけど、手に職があれば、いずれ返済は可能。潰されても、立ち上がる気概があれば、再起も可能。

でも、心が折れていたらどうしようも無い。今は絶望の淵にどっぷりと浸かっているけど、このままだと後で絶対に後悔するわ。きっとね。だって、私がそうだったもの。

「帳簿を見せて下さい」

「ああん？　嬢ちゃんは誰だ？」

「それは、後。今は、このお店の帳簿を見て、貴方にどれ程の力があったのかが知りたいのです。グリュック様に、ご推薦して頂いた方ですから、今の状態ではなく、本来の状態が見たいのです」

私が真っ直ぐに目を向けると、その視線を真っ向から受け止めたのよ、この人。今の自分はともかく、過去の自分は裏切れなかったみたいね。ノロノロとだけど、テーブルの上に散乱した酒瓶の下から、一冊の帳面を取り出したのよ。

書き殴られた数字の数々。でもちょっと遡《さかのぼ》れば、文字は綺麗になり、しっかりと記帳されている。つまりは、この惨状になる前はちゃんと営業していたってこと。

馬車の修理が収入の八割。荷馬車の売り上げが、二割って所ね。

そして毎月の出費で大きいのが、このお店の維持費。このお店、借り物のようね。この規模の収支でこの維持費は過大だわ。だから貯蓄だって貯まらないのよ。

問題点は現状の借金と、このお店を維持したいのかどうかね。えっと、借金として残っているのは魔石の購入代金ね。

「ハンナさん、私のお金ですが、如何程残っていますか？」

「エスカリーナ様のですか？」

「ええ、例のお金です。ブギットさんへの支払い分は残さなければなりませんが」

「現在残っているのは金貨八百五十枚程かと」

「十分ですね。イグバール様。貴方様の借金総額は、この帳簿を見る限り、金貨五百枚以下ですわね」

「あぁ。正確には金貨三百二十三枚と、銀貨二十枚だ」

「貴方の腕は、このキャリッジを見れば判りますし、グリュック様のご紹介もあります。そこで、質問が一つ」

「なんだ？」

「このお店を維持することと、仕事を続けることと、どちらを望みますか？　それとも、もうどうでもよいとお考えですか？」

この質問をした途端、イグバール様の瞳になんとも言えない光が灯ったの。

彼も判っていたんじゃないかな、このお店を維持することが足枷になっていたって。作業場だけなら、もっと安い所もあるはずだし、わざわざお店を構える必要なんか無いもの。

——一足飛びに、商売を大きくした弊害ね。

さて、イグバール様の心はどこにあるのかしら。

仕事？　見栄？　それとも、壊れそうになっている矜持《きょうじ》？

イグバール様は私と目を合わせ、深く考える表情を浮かべたのよ。

きっと御自分をお探しなのね。自身の心の在りかを。何をもってして、御自身だったのかをね。

一番大切な想いを、思い出そうとされてるのよ。

なんとなくだけど、彼の瞳を見詰めているとそう感じたのよ。

「もう、失うモノなど何も無いもんな。今更、見栄を張っても誰も見向きもしない。……お嬢ちゃん、俺はな、人を幸せにする『仕事』が欲しい。俺の手で作り出したもので、笑顔になる人が見たい。答えになるか？」

「なります。とても、素晴らしい御答えです。私は思うのです。人の手で作られるものには、邪《よこしま》な想いを乗せるべきではないと。貴方なら、人の気持ちを汲んだ温かいものを作ることが出来ると思います。ハンナさん。私、決めました。買います、このお店ごと、買います。代価は金貨五百枚」

「エスカリーナ様!!」

ハンナさんと、イグバール様、同じような顔をしているわ。

キョトンとした表情から、驚きの表情にね。

でも気にせず、早速、これからの構想を伝えるの。お店ごと買うんだから、私の意見は大事なはずよね。

「イグバール様、このお店の中にあるものは全て、私の所有とします。あの作りかけのキャリッジも、材料も、そして、貴方の腕も」

「ハハハハハ。これはこれは。こんなお嬢ちゃんに俺は買われるってことか」

「そうですわよ。今後の経営方針も述べますわ。出来る限り安い作業場を探して、馬車組合に修理のお仕事を受けると伝えて下さい。個人的な修理依頼も嫌がらないこと。安い仕事も断らないこと。出張作業も断らないこと。それと……」

「まだあるのか？」

「ええ、大事なことです。是非とも、心を込めて仕事をして下さい。貴方の仕事で、貴方に依頼して来た人々を笑顔にして下さい」

私の驕慢《きょうまん》な言葉に、なんとも言えない顔をしているイグバール様。

酔いは醒めた？　だったら、上々。

私が提示した条件は、貴方が記載した帳簿を見る限り、この惨状になる前の仕事の仕方よ。

だから、安心して今まで通りの仕事をして欲しいの。

そう、この帳簿にある通りの、貴方らしい仕事をして欲しいの。

その想いは伝わったかな？

ニッコリと微笑むと、イグバール様は一瞬固まった後に、仄《ほの》かに微笑み手を差し出してきた。私はゆっくりとその手を取り、握手を交わすの。

交渉成立ってことですよね。よろしくお願いしますわ。

「名前は存じ上げないが、ありがとう。自分を見失っていたようだ。俺の名前は、イグバール＝エランダル。ハンナは知っているが、この男爵領の符呪師《ふじゅし》の一族、エランダル準男爵家の三男だ。宜しくな」

「エスカリーナと申します。どうぞ、よしなに。グリュック＝ダクレール様よりご紹介頂きました。腕の確かな馬車屋さんだと。私も、そう思います。だって、お仕事の腕はあのキャリッジを見れば一目瞭然ですわよ？　大変素晴らしい出来だと、そう思います」

「エスカリーナ嬢といわれるのですか。ハンナ、このとんでもないお嬢さんは、君の何なんだい？」

ハンナさんたら、ずっと固まっていたけど、私達の握手を見て再起動したわ。

フフフ、人生って驚きに満ちているわね。そうでしょ、ハンナさん。

それで、復活したハンナさんは言葉を紡ぎ出したの。

「先の王妃殿下、エリザベート＝ファル＝ファンダリアーナ正妃殿下が忘れ形見、ドワイアル大公家の御息女にして、貴族籍を持たぬお嬢様。エスカリーナ＝デ＝ドワイアル姫様にあらせられます。そして、私が生涯を掛けてお仕えしたく思っております、大切な姫様で御座いますのよ、イグバール様」

へ、変な紹介をしないでよ。そんな大層な人じゃないでしょう。ただの庶民のエスカリーナ！

ほら、そんな紹介するから、イグバール様、固まっちゃったじゃない！

どうするのよ！

「これは、ま、まこと、失礼を……姫様の御前に膝を折る栄誉に浴し、心より感謝申し上げます」

「あ、あの私は……ハンナさん！　な、なんて紹介をするの！」

「姫様、この方にはこのくらいのことを言わないと、際限もなく馴れ馴れしくなりますわよ。そうでしょ、イグバール様。エスカリーナ様であっても、他のどんな方であっても、貴方はきっとそうなるのだから」

「ハンナ、お前なぁ。しかし、この幼い御令嬢。お言葉は、まるでいっぱしの貴婦人、いや、名高い商家の番頭のようだよな。ハンナ、良い主人に巡り合えたようだな」

「ええ、その通りに御座いますわ。では、買われた貴方は、どうなさいます？」

ちょっと、目を瞑り、そして言葉を紡ぎ出すイグバール様。

その瞳には意志の力が宿り、先程までの自棄な様子は微塵《みじん》も感じられなかった。

「無店舗の独立商人からやり直すさ。せっかく投資して下さったエスカリーナ様に、少しでも御恩を返したいものな。それでここにあるものは全て、君のものだ。どうする？　修理の仕事に必要なもの以外、全部売るか？」

砕けた調子に戻ったイグバール様が、ウインクしながら私に向かってそう質問されたのよ。

私の欲しかったものは、目の前にあるの。そして、すでに私のものなの。

ウフフフ、オンボロ馬車の修理部品を買うつもりが、『馬車屋さん』丸ごと一つ購入することになるなんて。巡り合わせって、怖いわね。

「いいえ。このキャリッジを運んで欲しい所があるんです。私が頂いた荷馬車にキャリッジの箱部分を載せたいと思っておりますの。取り付けられるかは、判りませんが、一度お聞きしたくて」

「ん？　どこに載せるって？」

「はい、私達が乗って来た、あの荷馬車ですが？」

入口の扉の向こうに見える、オンボロ馬車を見て、腕を組み難しい顔をしているイグバール様。無理なのかな？　でも、ブギットさんは相談に乗ってくれそうだし。

「どこに持って行くんだ？」

「ええ、馬車の改造も出来る、鍛冶屋さんの所に」

私の言葉を受けて、ハンナさんが続けるの。

「『奇跡の鍛冶屋』ブギット＝エストランダの所で御座いますよ。エスカリーナ様は、あの難しい御方とも交流を持たれました」

「ブギット……あのドワーフの鍛冶屋の所か……そうか……あいつなら、なんかいい考えも浮かぶかもしれんな。いいだろう。この店の中にある全部の資材とあのキャリッジを持って行ってやるよ。俺の馬車と君の馬車で運ぶ。ハハハ、全部持って行けてよかったかもしれんな。この店舗ともお別れだ。ならば、さっぱり全部持ち出してやる！」

イグバール様、なんだかさっぱりした顔になったよ。このお店に入った時とは、完全に別人。ハンナさんも喜んでいるし、良いものを買えたし、とても嬉しいわ。

あとは、このキャリッジが私の荷馬車に取り付けられるかどうかってことね。

ブギットさんも居るから、なんとかなるでしょ？　なるよね？　なって欲しいなぁ。

「ちょっと、待っていてくれ。そうと決まれば、準備することがある」

「なんですの、突然。今からブギット様の所へ向かうのではないのですか、イグバール様」

「なぁ、ハンナ。銀貨五、六枚、手持ちに無いか？」

「私に、無心されるおつもりなの？」

「だってよぉ、今、手持ちが無いんだよ。ここの荷物を全部持ち出そうとすると、俺の荷馬車と、ハンナの所の荷馬車だけじゃ、足りないんだよ。足代を払えば、荷物を運んでやろうって奴等も居る。そいつらに頼めば、一回で済むんだ。頼むよぉ」

「しょうがないですね。銀貨六枚、お貸しします。きちんと返して頂きますから！」

「勿論だとも！　エスカリーナ様、暫《しば》しお待ちを。ハンナ、ここにあるものは何を使ってもいいから、精一杯ご歓待してくれ！」

「何よ！　偉そうに！」

イグバール様は、ここを引き払って決めたその時、何かを思いついたらしいの。必要な手続きもあるのかもしれないね。

それに、ここにある全てのものを持ち出そうとしているんだもの。荷馬車が足りないのも理解出来るよ。

そんなイグバール様にぷりぷり怒りながらも、散らかっているソファ周りを片付けて、お茶の道具が置いてある場所へと向かうハンナさん。

私はイグバール様に促されて、来客用のソファに座ったの。

「四半刻で帰る。その間、お姫様を頼んだ！」

ソファに座る私に微笑んでから、イグバール様はハンナさんに声を掛けて、お店を出られたの。

駆け出して行くイグバール様の背中を、あっけに取られて見ていたハンナさん。やれやれって感じね。

荒れ果てた店内に残された私達二人。ハンナさんはお茶を出してくれた後、ソファの側に立っているの。座ってほしいわ、お話し辛いもの……

そんな私の表情を読み取ったのか、ハンナさんは小さく溜息を吐いてから、私の前の席に座り口を開いたの。

「イグバール様は、お兄様のお友達なのです。私がまだ小さい頃、よく屋敷に遊びに来られておりました。あの方には御二人、お兄様がいらっしゃいます。ダクレール男爵領の符呪師の方です。お父様も頼りにされております。ですが……」

「イグバール様はお兄様方に比べ、符呪師の才能に乏《とぼ》しかったということですね」

「はい。それで、お兄様と同じ学校に通われていたのです。あのような、ぞんざいな話ぶりですが、とても繊細な方ですのよ？　それに、比べられている、あの方のお兄様方はこの領随一の符呪師。あの方だって、他領に行けば相応の待遇をもって符呪師として職を得ることが出来ますの」

そうなんだ。道具に魔法の力を付与するのが符呪……だったわよね。

その才能は特別なもので、多くの場合は一族に受け継がれるもの。

馬車屋さんではなく、符呪師としても生きていけたんでしょうけど……

でも、やっぱり比べられちゃうんだろうな。

「近くに才豊かな人が居ると、どうしても霞《かす》んでしまう。そういうことですか……。生まれの巡り合わせというのはどうしようも無いことですもの。それに従うか、他の道を選ぶかは、当人の意思ですものね。ハンナさんもそうでしょう？」

「御推察、誠に」

私は、確固とした意志を持った人、誰にも流されること無く、自分の選んだ道を突き進める人は好きよ。憧れでしょうね。前世ではなんの意志も無く、他人の意志に巻き込まれ、誘導され……

だから、行き着く先は破滅でしか無かったのかもしれない。

現世では自分が何者か、何になりたいのか決めないとね。

なんだか、しんみりしちゃった。

やがて、陽気な声と共に、イグバール様が数人の男の人達を連れて帰って来たんだ。彼が言っていた、運び屋さんらしいわ。皆で、お店の中にあるものを全部、持ち出して馬車に積み込んだの。全部で五台の荷馬車が満載になったわ。

「それじゃ、新たな門出だな！　何が必要か判らんから、このまま『奇跡の鍛冶屋』まで行くぞ！アバヨ、以前の俺！　なんならこれからは、俺は『奇跡の馬車屋』になるぜ。自分を見失わないようにな!!」

イグバール様はそう言うと、お馬さんに一つ鞭を入れ出発された。

そう、行先は『奇跡の鍛冶屋』……ブギットさんの所よ。

第三章　エスカリーナの気持ちと、友となる人々

そして今、私はブギットさんの所にお邪魔しているの。

成果についてちゃんと報告しなきゃね。

「ブギット様、あの部品はとても良いものでした。快適に馬車を走らせ、乗っていて疲れもしません。十分に満足のいくものだと思います。まずは御代をお支払いします」

「ん」

「金貨二枚でしたね。出来れば、男爵家にある馬車三台にも付けたいのですが、お願い出来ますでしょうか？」

「ん」

「では、今回のお支払いと、手付ということで、金貨六枚をお支払いします。どうぞ、宜しくお願い申し上げます」

「ん」

「それでですね、もう一つお願いが……」

窺《うかが》うような視線を、ブギットさんに向ける。

さっきから反応が悪いけれど、何か怒ってるの？　それとも困ってる？

短い沈黙の後、ブギットさんは私に聞いてきたの。

「何が欲しいんだ？　小さなお姫様は」

「あの……馬車の改造をお願いしたいなって」

「改造？　何をしろってんだ？　後ろの奴も関係あるのか？」

あぁ、お知らせせずに、イグバール様を連れて来ちゃったもんだから怒ってらっしゃるのね。

どうしよう。そんな私の困惑を見て取ったのか、ブギットさんはあの怖い笑みを浮かべて私に聞いてきたの。

「怒ってはいない。ただ、判らんのだ。十分に満足したと、そう言ったよな。なのに改造？　どうしたいんだ？　出来ることはしてやる。まずは、考えを聞かせて貰うぞ」

ブギットさんの言葉を聞いてほっと、一息。

すると、後ろに立っていたイグバール様が、突然お話を始めたんだ。びっくりしたわ。

「ブギットの旦那、俺はイグバール馬車店のイグバール。突然邪魔して、悪かったな」

「イグバール馬車店？　ん？　最近、アラウネア馬車店の奴等に嵌《は》められたって噂のか？」

「ここまで、その噂が来てたか。そうだよ。そのイグバール馬車店の店主、イグバール＝エランダルだ。嵌《は》められて、莫大な借金持ちになっちまった、哀れな男さ。まぁ、俺のことはいい。でな、ここに居る小さなお姫様が、俺ごとイグバール馬車店をお買い上げになったのさ」

「ほう！　それは、それは、ハッハッハッ！」

「笑うなよ、おっさん。でな、その小さなお姫様が、俺の作ったキャリッジの残骸をとても気に入ってくれてな……付けたいんだと。あのオンボロ荷馬車に。キャリッジだぜ？　荷馬車に乗せるなんて……旦那ぁ、俺としては、大事な御主人様だ。希望は聞いてやりたい。何か手は……ないか？」

「ほほう、そういうことか。お前の噂は色々聞いている。腑《ふ》抜《ぬ》けた野郎だが、仕事の手だけは抜かないとな。まぁ、この小さなお姫様に免じて、軽口は許してやろう。どれ、見せてみろ。その残骸とやらをな！」

なんか、二人だけで話が進んでるよ。私ここに居る必要ある？

ねぇ、ハンナさん。どうにか言ってよ。あっ、ダメだ。またブギットさんを見て固まってるよ。早く慣れて欲しいな。

ブギットさん達は小屋を出て、イグバール様が持って来た、キャリッジの残骸を見ている。荷馬車五台分の荷物もね。

なんだか、呆れた顔をしてるよ、ブギットさん。

私のお願いって、そんなに非常識なの？　悪いことしちゃったかも？

固まっているハンナさんはおいておいて、二人の側に近寄ったんだ。何やら、不穏な言葉が沢山聞こえてくるのよ。でも、前向きに検討してくれているみたい。

「小さいお姫様も、無茶を言う。この荷馬車の台車にコレを載せたいと？　普通なら無理だと言うな」

「なっ、そうだろ？　でも、あの群青色《ロイヤルブルー》の瞳に見詰められたら、嫌とは言えねぇんだ」

「ほう、気が合うな。真っ直ぐに見詰められることなど、久しく無かったからな……ちょっと、大仕事になるな。イグバールよ、お前、腕はいいと聞く。小さいお姫様のためにその腕を振るえるか？」

「……で、出来るのか？　いくらなんでも無茶だ。荷馬車とキャリッジじゃ、土台となる台車の構造が全く違うんだぜ？　聞いたこともねえよ。改造した方がいいんじゃねえか？」

「なんとかやれるさ。これでも、経験は積んでいるんだ」

「お、教えてくれ。どうやったら、出来るんだ？」

「まぁ、荷馬車を解体して、再構成するんだがな。お前も面白そうな機構を考案したそうじゃないか。色々と弄《いじ》れるぞ？」

「大仕事になるな。……なぁ、旦那」

「なんだ」

「俺、宿無しなんだ。こんな大仕事かかえたんじゃ、住む所なんざ見つからねぇ。納屋の隅にでも間借りさせて貰えないかい？」

「それも、目的か？」

「いや、なり行きだな、なり行き!!　こんな大仕事になるって、思ってねぇしな。材料もある程度ある。すぐに取り掛かれる。でもなぁ、場所がな」

「あぁ、あぁ、判ったよ。俺の家は、敷地だけは広いんだ。お前なら、どうとでもなるだろ。あっちに昔の作業小屋がある。あれを使え」

「ありがてぇ！　恩に着るぜ!!」

二人はね、なんだかいい感じに、話し合いが出来たようね。

そんなことを考えていたら、ハンナさんが私達のもとにやって来たんだ。

ぎこちない笑顔をしたハンナさんに、イグバール様がニコニコ笑いながら言うんだ。

「ハンナ、俺、ここに暫《しばら》く厄介になるよ。お嬢ちゃんの馬車の改造にちょっと時間が掛かりそうなんだ。それに、おっさんの技術を盗むいい機会だしなっ！」

「え、えぇ、そうなの？　だ、大丈夫？」

「ブギットの旦那の話は、俺も聞いたことがある。だがよ、話してみたら噂とは違うじゃねぇか。それに、嬢ちゃんの馬車をなんとかしてやりたいからなっ！」

「それは有難いことだけど……」

ハンナさんが困惑の表情を顔に浮かべるのよ。……その理由が、なんとなく判った。

二人の一流の職人が、大仕事っていうんだ、相当費用が掛かるんだろうってことは、明白。

問題は、資金が無いことよね。

「代金はどれくらいになるのかしら？　もう、あまり資金はないし、そちらにも都合があるでしょうし」

ほらね、やっぱり。

単にポンッて、箱を乗せるだけだと思っていたのに、大事になってしまったよ。どうしよう!!

そうしたらね、ブギットさんがニヤリと笑ったのよ。

「ハンナ様。御代の件でお話があるんだが。少し、お時間頂けますかな？」

「おいおい、旦那。ハンナになんの話だ？」

「ちょっとした提案だ。お前にも後で教えてやる」

「まぁ、いいや。ハンナ、旦那の話を聞いてこいよ。きっと悪い話じゃねぇ。小さいお姫様は、俺が面倒見といてやるよ！」

イグバール様はそう言って、ハンナさんの背中を押したんだ。

ハンナさん、泣きそうな顔をして、ブギットさんについていったよ。

ブギットさんと、ハンナさんが話し込んでいる内容はね。私には聞かせられないお話なんだろうなと、そう思うのよ。きっと大人のお話なのね。

私だって前世と合わせると、二十六歳になるのですけれどね。

でも、大人とは言えない程世間知らずだものね。

前世では、大公家に護られ、何不自由ない暮らしを与えられていたもの。そして、それが当たり前だと思っていた。本当に私は何も判っていなかったわ。

イグバール様は、私のことを横目で見守りながら、持って来た資材を運び屋さんと共に作業小屋に運び込んでいたの。

五台の馬車一杯にあった荷物は、あっと言う間に無くなったのよ。イグバール様は運び屋さん達に、丁寧にお礼を言ってお別れを告げていたの。運び屋さん達の馬車の後姿を見ていたら、イグバール様がスルスル近寄って来てね、言うのよ。

「あいつ等、これからもう一仕事あるんだとよ。それにしても、ブギットの旦那の所に御厄介になれて良かった。じゃないと、もっと郊外の貸倉庫に放り込む羽目になるところだった……姫様に貰った、大事な時間と金だもんな」

「イグバール様。先程、生意気なことを言ってしまってごめんなさい。こんな小娘が、お店を……貴方を含めて買うなんて、ありえませんわよね」

神妙に、懺悔《ざんげ》の言葉を紡ぐの。

イグバール様に立ち直って頂きたかったからとはいえ、お金で自分の思うようにするなんて……イグバール様の矜持《きょうじ》を、傷つけてしまったかもしれない。本当に、ごめんなさい。

そんな私に、馬車を見送りながら、何気ない口調でイグバール様は語り始めたのよ。

「姫様。いや、エスカリーナ様。商人にとって、〝一等、嬉しいこと〟はなんだと思います？」

「えっ？　ええ、良いものを売って、それを買ったお客様の喜ぶ顔を見ることかしら？」

「エスカリーナ様は、善人の世界にお住まいだ。普通の商人は、安く仕入れたものが、馬鹿高く売れることなのですよ。多くの商人にとって客は、良くて、歩く財布。悪ければ、金を引き出すための道具。……俺は、そんな商人になりたくなかった。これでも、理想はあるんです。そして、それをそのまま言葉にしています」

「そ、そうなんですの？」

イグバール様は話し続けるの。

真っ直ぐな視線を、遠くに投げて、まるで未来を見据えるかのように……

「ええ。先程エスカリーナ様が仰った、お客様の喜ぶ顔が見える、そんな商売がしたいのですよ。商人仲間には馬鹿にされますがね。もう一つ、商人の俺にとって一番屈辱的で、悲しい時とは、なんだと思います？」

「私ならば、不良品を売り、お客様にご迷惑をお掛けするだけでなく、生命や財産を傷付けてしまった時でしょうか。私も、自分で作ったお薬やポーションを、ハンナさんに売ってもらったことがあります。私の個人資金もそうやって貯めました。でも、お薬を売って、お金を頂いて、そのお薬を買った人に満足頂けなかったら……そう思うと、胸が痛みます。だから、出来る限り高品質なものをと、努力して参りました」

私の答えを、イグバール様は笑いもせず、真剣に聞いてくれているの。

そして、どこか腑に落ちたって表情で、呟かれるように言葉を紡がれた。

「あぁ、あの資金は、エスカリーナ様がご自分で稼ぎ出したのですか。ならば、俺の気持ちも判るかな？　俺にとって、屈辱的で、悲しい時は、仲間だと思っていた奴等に裏切られた時。そして、易々《やすやす》とそいつらの策に嵌《は》まったことすら認識出来なかった時。自分の資産を根こそぎ奪われて、先の展望も自分自身も何もかも見失って、道端で途方にくれた時。誰も救いの手を差し伸べてくれなかった時。そう、『昨日までの状況』なんですよ」

信用と信頼は違う。

でも、裏切られる時は、その両方が一度に失われる。

自分が頼っていた存在から斬り捨てられた時、自分の脚できちんと立てるかどうか……今世の私の、一番の目標でもあるの。何があっても、自分でいられるように、そうありたいと思っているの。

――そのために必要なもの。それは、すなわち、〝矜持《きょうじ》〟。

私が前世では持ち得なかったもの。

『驕慢《きょうまん》』と『矜持《きょうじ》』は違うもの。

そして、人と会い、人と繋がる。お互いに尊敬し、信用し、信頼し合う関係を築きたいと思うの。

それにはきっと、剥き出しの人間性が問われる……だからこそ矜持《きょうじ》を持って、自分というものを確かにしたいの。

難しいことだと判ってるわ。

でも、そういった関係性を持てたら、きっと『良き人の輪』が広がると思うのよ。

実際に見てきたもの。ドワイアル大公家の奥深くで……ポエット奥様を。そして、お母様を。

お二人のように『気高く、誇り高い人』に私はなりたいと、切に願うのよ。

「そんな、『無明の闇』に居る俺に、手を差し伸べてくれたのが貴女なのですよ、エスカリーナ様。ありがとう……その瞳に、叱咤激励《しったげきれい》に心が震えました。いったい何を絶望してるんだ！　このまま朽ち果てていいのか！　ってね。エスカリーナ様。貴女は俺を買われたと仰いました。俺には判ります。それは違うと。貴女は、俺の心を救って下さったのです。そういう意図で、あの言葉を発せられたのでしょう？　いいえ、いいんです。何もお応えにならなくても。俺がそう思っていればいいのですからね」

「イグバール様……」

ちょっと、泣きそうになったの。ちゃんと、理解して下さっていた。そのことが何よりも嬉しく思えるの。だって、その通りなんですもの……

こんな素敵な出会いを下さった精霊様に感謝を。出来ればこの素敵な方のお友達になりたい。もっと親しくお話出来るように。

そうしていたら、小屋の中から、ハンナさんとブギットさんが揃って出て来たの。神妙な顔のハンナさんと笑顔のブギットさん。大人のお話は、終わったようね。

馬車の改造は引き受けてくれたのかしら？　それと、対価に何を求められたのかな？

「さぁ、あいつ等の話も終わったようですし、行きましょうか。俺は、ブギットの旦那と相談せねばなりません。荷馬車はお預かりします。足が無くては、お困りでしょう。俺の馬車をお使い下さい。良いものですよ。自慢の馬車ですから」

「何から何まで、ありがとう御座います。感謝申し上げます」

「フフフ、きちんと手を取って、礼も受けて下さる。本当なら、貴女のような人が『貴族』であるべきなんですがね。世の中、ままなりませんね」

そう言うと、イグバール様はハンナさん達の所に向かったの。

その後ろ姿に私は何も言えなかった。

＊＊＊

交渉は成立。そう、ハンナさんが断言してくれた。

代金に関しても、男爵家にも、ハンナさん自身にも、迷惑を掛けることは無いって。

「紳士的で、理知的な方……ですね、ブギット様は。あんなに怖がっていて、申し訳なく思いました」

帰りの馬車の中で、ハンナさんが呟いたの。

そう、よかった、判ってくれて。それで、何を要求されたのかしら？

「馬車の改造に関して、新規で作った部品、使う技術は、全て『奇跡の鍛冶屋』が保持するとのこと。更に、その技術の頒布、及び販売許可はエスカリーナ様がお持ちになるということになりました。販売に関しては、イグバール様を通じ、それ以外の販路は認めないと。そして、商工ギルドに対し、技術と商品の独占販売権を申請すること。名義人は、エスカリーナ様、ブギット様、そして、イグバール様の御三方です」

「どういうこと？」

それが、対価になるの？

技術の販売の権利が売買されるのは知っているけれど、それでも、その権利を私に付与するって、そういうことでしょう？　だったら、あちらの利は何になるの？

「ブギット様が仰っていました。エスカリーナ様が依頼された『部品』は、馬車業界に衝撃を与えると。そうなった時、一手にその『部品』を扱える権利は多大な利益を生む。まだ幼いエスカリーナ様にとって、重荷にしかならない権利です。エスカリーナ様の権利を護り、巨万ともいえる利益を出せるこの『部品』の管理、販売は、海千山千の俺達がすると……そう言われました」

「あれって、そんなに重要な部品だったの？」

「異国の技術ですので、ファンダリア王国ではほとんど知られていません。まして現物を作り上げるなど、相当難しいと、仰っていました」

「そうなの。ヘーズさんに感謝ですね。あの方からお話を伺わなかったら、このような良い出会いにも巡り合わなかったと思います」

「エスカリーナ様……」

でも、私、商工ギルドへの申請書なんて書けないよ？

そこのところはどうなのかしら。

私の表情を素早く察知して、ハンナさんが続けるの。

「幸い、商工ギルドの長は、私の兄、グリュックが務めております。なので、事務に関しては私に委任して下さいませ。申し訳御座いませんが、委任状と、暫《しば》しのお時間を頂きたいのですが」

「勿論ですわ。全て、お任せいたします。こんな私のために、本当にありがとう御座います」

「ひ、姫様！　当然のことをしたまでです！」

「ブギット様のお話だと、改造が終わるまで暫《しばら》くかかるとか。出来上がったら、お知らせを下さるそうです。それまで、時間がありますから、ゆっくり準備して下さい。決して無理は通さないで下さいね。目立たぬように、静かに……」

「心得ました。その間、エスカリーナ様は？」

「グリュック様に頂いた、経理の教本で勉強いたしますわ。あの時、イグバール様の帳簿から、色々なことが見えましたの。もっと深く経理について勉強すれば、もっと色々なことが判ると思いますもの」

「お兄様から上級教本も、お借りいたします。存分に」

よし、これで、色々と準備は整ったと思う。

あとは、勉強だけね。この領で暮らしていくならば、数字に強くなって、未来を見通せる目を作らないといけない。その上で理想を考えようと思う。行く道は険しく危ういわ。

でも、それでも……前世なんかと、比べ物にならないくらい、希望に満ち溢れているの。

今世の私が……八歳の私が、手に入れたのは、『信頼』することと、『頼る』ということ。

馬車の改造が終わるまでは、お部屋でお勉強ね！

＊＊＊

教本っていうのは、いかに理解しやすくまとめるのかが、重要なことだと思うの。理解度に応じて、初級、中級、上級、そして、実務教本といった風にするべきなのね。なんだってそうよね。最初から飛ばしていたら、それこそ、何がなんだか判らなくなるわ。

それなのに、いま取り組んでいる、この教本……内容の順番がぐちゃぐちゃで、ややこし過ぎる。

しかも、一方的に『こうするべきだ』と方法論しか、書いてないの。

もう少しなんとかならないかしらなんて……

そんなことをツラツラと考えながらも、それが規則なのだからと覚えていたのだけど……ハンナさんが持ってきてくれた上級教本の数々も、なんだか同じような方法論でね。ちょっと、困ったよね。実務に必要な方法論の前に、土台となる法律や規則について学びたいのに。

そう思ってね。御邸の図書室にまた向かったの。

今度は経理関連の法規本を探しに来たのよ。


――やっぱりあったのよ。


昔作られた、一般規則に準拠した法規本がね。

見つけた時は、小躍りしそうになってしまった。早速借り出して、お部屋で熟読。ややこしさは、教本の比じゃないけれど、どこまでも整合性を持った本だったの。

法規本と教本を読み比べていたらね。教本の誤記とか、間違った理解とかを見つけちゃったわ。

それで、教本の間違い探しをして、その部分を訂正したら、スッキリまとまったの。判りやすく、過不足の無い記述になったと思う。

せっかくだから、高価な羊皮紙を使って、初級、中級、上級の各段階に合わせたオリジナルの教本を作ってみたのよ。手の空いたハンナさんに、その羊皮紙の束を渡してね、製本のお願いをしたの。銀貨一枚と銅貨五十枚掛かったんだけど、いいものが出来たわ。

ある意味、一般規則に則《のっと》った、教則本って感じなのよ。

簡易装丁だから、立派な表紙はついてないけど、自分で使うものだから、問題ないものね。

＊　＊　＊

近頃、ハンナさんはかなり忙しいみたい。なかなかお顔を見ることが出来なくなったのよ。

申請書の作成は、相当に難しいのかもしれないわね。グリュック様の執務室に日参してるって、御邸の侍女さんがそう言っていたもの。


——ちょっと、相談したいことがあったんだけどなぁ。


相談というのも、私の体調のこと。この頃、少し体調がおかしいの。

特に体内魔力に関して。私もよく判らないんだけど、【時間遡上】の魔法を使ってから魔力が上手く操れないの。

こんなこと、前世でも無かったわ。身体を巡る魔力がうねるというか……魔方陣が安定しないの。おかげで、お小遣い稼ぎをするための錬金魔方陣も歪んで、今は使い物にならないわ。

自力で修正を試みているのだけれど、上手くいかないの。

ハンナさんに相談して、魔力や魔法についてよく御存じの方を御紹介してもらえたらなぁって、思っていたのよ。

でも、ハンナさんは私のために奔走してくれているのよ？　これ以上、我儘《わがまま》を言うのは気が引ける。だから、自分でどうにかしようと、毎日の魔力の体内循環の鍛錬の時間を延ばして、不純物を輩出して純化して、そして、圧縮しているの。

だって、そうしないと魔力が溢れ出しそうなんだもの。

＊＊＊

そうそう、ハンナさんのお姉様にもお会いしたの。

ダクレール男爵家から、デギンズ伯爵家にお嫁に行かれた、ハンナさんよりも五つ上の方……アニス＝ヴェーレ＝デギンズ伯爵夫人。

ご主人様は、デギンズ伯爵家の御当主、フォーバス＝ヅゥーイ＝デギンズ伯爵閣下。

お二人は、アレンティア辺境領侯爵閣下の開かれた夜会で、出逢われたそうなの。

アニス様をお迎えして、晩餐を一緒にさせてもらった時に伺ったのよ。

デギンズ伯爵領のお話も色々としてもらったわ。おかげで、デギンズ伯爵家のこともよく判った。

「アニスがあれ程饒舌《じょうぜつ》に、デギンズのことを話すのは珍しいわ。貴女が良く聞いてくれたからかしら。たまにしか、ダクレールに戻ってこないのだけれど、いつも、あまり楽しそうでは無かったのよ」

奥様がしみじみとした様子で呟いたの。

「きっと、それは、ハンナ様がお帰りになっているからでは御座いませんか？　アニス様は、お優しい方ですから、ハンナ様がドワイアル大公家におられる間は、御心配だったのでしょう」

「お義母様、その通りで御座いますわ。アニスお姉様は、ダクレールに帰ってくるたびに、ハンナ様の使っていらしたお部屋の扉を見ながら、溜息をついておられましたもの」

ニーナ様もハンナさんを気にするアニス様の姿を見かけていたのね。

ハンナさんが帰ってきている。ダクレール領で暮らしているっていうだけで、アニス様はお心が軽くなられたのよ。きっとね。

アニス様は、私が『預かりの身』なのを御存知なのにもかかわらず、優しく接して下さったの。

伯爵夫人がよ！　本当に素敵な方。何か、とても、心が温かくなったの。

そんなことを呟くと、アニス様が私を見詰めてこう仰ったの。

「エスカリーナ。貴女は『預かりの身』とはいえ、ダクレールの家族になったのです。胸をお張りなさい。古来よりダクレール領を預り、海からの外敵を蹴散らしてきた、私の生家《せいか》の一員よ。誇りに思いなさいな。今後、貴女がどのような立場になろうと、ダクレールの名を名乗る者は貴女を護りますわよ。お父様はそういう方です。及ばずながら、私アニス＝ヴェーレ＝デギンズも、伯爵夫人として御力添えいたしますわ」

「勿体なく。その御心と、お気遣いに、私の心は温かくなります。皆様の御恩情、忘れることはないでしょう。この先、どこに居てもどうなろうとも、大変心強いです。であるならば、私は、誇りと矜持《きょうじ》を示さねばなりませんね」

「まぁ、勇ましいこと。お気をつけ遊ばせ。そのお言葉が父の耳に入りましたら、きっと、船に乗せられて、遠くの島々まで連れ回されますわよ、ウフフフ」

えっ、そ、そうなの？

お船には興味あるけど、流石《さすが》に軍船に女性が乗るのはどうかと思うのよ。

曖昧《あいまい》に笑っていたら、アニス様は、扇をパッと開いて私の耳元に口を寄せてきて小声で仰るの。

「実際に、ハンナを連れて航海に出たこともあるのですよ？　しかも途中で、私略船との戦闘になったと。早舟が港について、そのことを伝えられた時、エルサお母様はその場で卒倒されたんだから。本当に気をつけてね」

「こ、心得ました。き、肝に銘じます！」

ダクレール男爵閣下……どうりで、ハンナさん、度胸が据わっていると思ったのよ。命のやり取りの現場を踏んでいたのね。

これが、ブギットさんから便りを待つ間の出来事なのよ。

経理についても理解を深めたし、ハンナさんの知らなかった一面も教えてもらえたわ。

私、こんなに幸せを感じていいの？

大切にされているって、どこか、くすぐったくて、温かくって……

そして、この方々の面目を潰さないように、自分を律しないといけないという、そんな想い。

人は、一人では生きていけない。ダクレール領に来てから、強く感じたの。

矜持《きょうじ》をもって、人との繋がりを大切にしようと。


——自分の心と、精霊様に、誓ったの。

＊　＊　＊

御邸の私の部屋にお手紙が届いたの。珍しいことなんだけど、とっても心待ちにしていた、お知らせだったの。イグバール馬車店の専用封筒だったのだもの。

ブギットさんの代わりに、ご連絡下さったのね。

イグバール様は、エランダル準男爵家の御三男だから、こういったことも、なんなくこなせるもの。

表裏をよく確認して、封を切るの。中に入っていたのは、一枚のお手紙。

これ、イグバール様の文字じゃないわ。表書きとは、全く違う筆跡。叩き付けるような、そんな文字。ブギットさんが書かれたのね、きっと。

手紙には最小限の時候の挨拶の後に、馬車が出来たと綴《つづ》られていたの。

引き渡し日時も、書いてあるわ。

なんでも、馬車を受け渡しする日に、その足で試し乗りをするそうよ。ついでに、ブギットさんの用事を済ますんだって。ハンナさんに、その日、一緒にブギットさんのところに同行して貰えるか、聞いてみたんだ。

「エスカリーナ様、誠に申し訳御座いません！　その日、商工ギルドで権利に関する最終の判断と、承認が下されますの。エスカリーナ様の代理人として、出席を求められておりますもので、同行は出来かねます」

「そうですか。私のためのことですもの、お願いいたしますね。私も、日時指定での引き渡しとなっておりますから、行かねばなりません。いつもの御者さんをお貸し下さいませんか？　あの方なら、どこに行くかも御存知ですし、ブギットさんとも何度もお会いしているので……その……問題はないかと思うのですが」

「御者のルーケルですね。古くからダクレール家に仕えている者ですので、問題は御座いませんわ。そう、御命じ下さればよいのですよ？」

「でも、ルーケルさんは、男爵家に勤められている方でしょう？　ちゃんと御許可を頂かないと！」

また、ハンナさんに変な顔をされたよ。

だって私は、『預かり』の庶民なんだよ？

男爵閣下が雇用されている使用人に〝命じる〟なんてこと、出来る訳ないでしょ？

私もまた、困惑した表情になってしまい、二人で顔を見合わせて、〝ぷっ〟って、噴き出してしまったの。

結局、ルーケルさんと共に向かうことになったわ。

ルーケルさんはね、陽気な方なの。でも、あの強面のブギットさんにもきちんと対応されるし、おちゃらけて軽いイグバール様にも礼節をもって対応されるの。

この領のことをよく知り、ダクレール男爵家の関係者をよく御存知で無いと、そうはいかないわよね。練熟とか、老練とか、そういった言葉が似合う、大人の人なんだよ。頼れるし、安心もするの。

約束を取り付け、ご許可を貰い、私はその日に臨《のぞ》んだのよ。

＊　＊　＊

その日は、青く澄み切った空が広がっていたわ。

御邸を出る時に、ハンナさんがお見送りをしてくれた。ルーケルさんにくれぐれも頼みますって、頭を下げていたの。珍しいことなのよ。ルーケルさん、びっくりして、ハンチング帽を握り締めちゃったりしている。

今日の私が着ているのは、こちらで購入した一般的な服。

髪も結い上げず下ろしているし、どこから見ても庶民だよねっ！

だから、お願いがあるの。一度、御者台に乗ってみたいの。ダメかな？

「エスカリーナ様がそう、お望みならば。むさくるしい爺の横でよければ」

御者台に乗るとね、ハンナさんが目を剥いていた。

「お嬢様の御要望です。この方が御守りしやすいですしな」

ルーケルさんが、ハンナさんにそう言ってくれた。

貴族の娘ならば、日焼けなんてもってのほかだものね。いつもは完全武装して、荷台に乗せた椅子に座って、幌までかけてもらってたもの。今日は、そんなの無いしね。それじゃあ、出発!!

ブギットさんのところまで、思った程、時間は掛からなかったの。

イグバール様の馬車が快適だったのもあるけれど、それよりも御者台からの景色に目を奪われてしまって、色々とお話もしていたら、いつの間にか到着したの。

お店の前でね、ブギットさんがお待ちだったのよ。

「小さい姫様、よく来たな。お望みのものが出来上がったぞ。ただし、まだ試乗はしていない。その栄誉は、姫様のもんだからな！　ハハハ！」

「御無理を言って、申し訳御座いませんでした。難しいことは判りませんが、大変なお仕事になってしまったのでしょう？」

「まぁな。イグバールの奴、へばっているんだ。馬車はあいつの作業場にある。庭に回ってくれ」

「はい。それでは、そちらに」

一度降りた馬車に乗り直し、ブギットさんのお家のお庭に向かうの。

乱雑に積み上げられていた資材は綺麗に整頓されていたわ。

そして、その作業場の前にね、とっても素敵な馬車が止まっていたのよ。

あの日、あの薄暗いイグバールさんのお店の中で、半分解体されたキャリッジが、今、目の前に別の形で存在しているの。乗って来た馬車の御者台から滑り降りて、思わず近くに寄って行ってしまった。まだ、〝いいよ〟って言われていないのに……


――だって、普通のキャリッジじゃないのだもの。


御者台は荷馬車に比べて随分と高い所にあるの。高い所にある御者台は、視界もよさそうだし、御者さんにとっては嬉しいかもしれないわ。

人が乗る部分もかなり違うわ。普通のキャリッジだと剥き出しになっている乗る所が、きちんと小部屋になっているのよ。それが、木目を生かした美しいニス仕上げなの。窓もあるんだけど、嵌《は》めてあるガラスが白濁しててね、中が見えないようになっているのよ。中はどういう風になっているのだろうかと、興味が湧くわ。

そして、決定的に普通のキャリッジと違う所は、人が乗る部分の後ろに大きな荷台が付いていたこと。そうね、樽なら六つは乗るくらいの広さ。ぐるっと囲むように、今の私の胸程の高さの囲いが付いてたの。それも、ピカピカに磨き上げられてて……

「どうだい、嬢ちゃん。綺麗だろ」

声も無く、キャリッジを見詰めている私の横に、ブギット様がスルスル寄って来て、そう言葉を紡ぎ出したの。もう、完全に同意するわ。こんな馬車、王都でも見たこと無いもの。それに、どこもかしこも、ピカピカに磨き上げられて……

「えぇ、えぇ！　とても、素敵!!　あの荷馬車がこれ程になるなんて思いもしなかったわ！」

「そうだろ、そうだろ。作った俺達でさえ、出来栄えに驚いているんだからな」

「これは、本当に大変なお仕事だったでしょう？」

「まぁな。ほとんど解体して、もう一度組み直した。車輪、台車、それに嬢ちゃんから教えてもらった〝例のアレ〟の大きさが決まっているから、普通のキャリッジには出来なかったんだ。台車を切る訳にもいかないのでな。イグバールの野郎、これでもかってくらい、没頭しておったな。あれは普通なら出来んな」

「そんなに……」

「あぁ、ただの代金を貰ってする仕事じゃ、あれ程までには出来んよ、嬢ちゃん。きっと、お前さんに満足してもらおうと、張り切ったんだろうて」

「なんだか、申し訳ないです」

「ハハハ、ならば褒めてやれ。うんと、褒めてやれ。それで、あいつは満足する」

「そうなんですか？」

「あぁ、心を込めて作り込んだこの馬車を、お前さんがうんと褒めるだけで、あいつの中でこの馬車の価値は倍増するな。馬車屋稼業の生涯でも、誇れる逸品になるだろうな」

そんなことを言うブギットさんだって、無理をして下さったはず。本当にありがとう御座います。

「このキャリッジは、ブギットさんにとっても〝誇り得るもの〟なのでしょうか？」

「あぁ、そうだな。久しぶりに心が沸き立った。こんなにも、誰かのためにと思い、槌を振るったのは久しぶりだ。いや、いい仕事をさせて貰った」

「素晴らしい出来栄えです。作った方の気持ちを感じられるこの馬車に乗れる私は、幸せ者ですね」

「あぁ。お前さんのための逸品だ。使ってくれ。ドンドン使ってくれ！　汚れようが、壊れようが構わん。そうなっても、俺とイグバールの奴がすぐに直してやるからな！」

もう!!　本当に、もう!!

なんだか、涙が出そう。視界が歪んできちゃうじゃない！

私が感動と感謝に打ち震えて、両手で口を押さえ涙ぐんでいたら、作業小屋の中からぼさぼさの髪で目の下を真っ黒にしたイグバール様が出てきたの。

そして、私の顔を見るなり、弾けるような笑みを浮かべ小走りでやってきたの。

「エスカリーナ様！　すまねぇ、遅くなっちまった！　けど、それだけのことはあるだろ！」

「イグバール様!!　素敵です！　こんな素敵な馬車、見たことが無いです！　私のために、これ程のものを作り上げて下さって、本当に、本当に、嬉しく思います！　この格好で、この馬車に乗るのは、躊躇《ためら》われてしまいますね」

「よ、喜んで貰えたか？」

「当然ですわ！　これに勝る喜びはありません。この馬車が素敵なのは当然ですが、それよりも、私のためにこんなに素敵な馬車を作り上げて頂いたこと、イグバール様とブギットさんの真摯《しんし》な思い。その思いが私に向けられていたという事実に、私はこの上も無く喜びと感謝を感じております。本当にありがたく存じます！」

お二人の御手を取り、目をしっかりと見詰めながら言祝《ことほ》いだの。

「こんなに素敵な人達に出逢えた奇跡を、この地を守護する精霊様に感謝申し上げます。幾久しく、この地の平穏と安寧《あんねい》と共に、この出逢いに幸あらんことを」

ブギット様はキョトンとしていたけど、流石《さすが》に爵位を持つお家のご令息であるイグバール様は、私が口にした、精霊様への『言祝《ことほ》ぎ』の意味をご存知だったの。

ファンダリア王国では、貴族階級の者が関係性のある人物について、精霊様に『言祝《ことほ》ぎ』を行うということは、その人に信用と信頼をおき永遠の友誼を結ぶことにほかならないのよ。

家族以外。いえ、高位貴族であれば、家族以上にその関係性を大切にすると、宣言したと同義。

「エスカリーナ様……それ程……俺、嬉しいぞ！　う、うおぉぉぉぉ!!　ブギットの旦那！　エスカリーナ様が『言祝《ことほ》い』でくれた。『言祝《ことほ》い』でくれたんだぞ!!　こんな嬉しいことたぁ!!　……ねえ!!」

本来なら、私なんかが口にしていい言葉じゃない。

でも、言祝《ことほ》がずにはいられなかったの。

なんとなく、ブギットさんもイグバール様の様子に、私が口にした精霊様への『言祝《ことほ》ぎ』の意味を感じて下さったの。満面の笑みを浮かべ、ウンウンと頷いて下さったわ。


――三人で感極まって、ウルウルしていたのよ。

第四章　エスカリーナを導く人々

三人で手を取り合い、感動に打ち震えていた中……

我に返ったように話し始めたのは、イグバール様だったわ。

「さぁ、中も見てくれ。旦那よ、時間もねぇんだろ？　色々と説明しなきゃならんし、俺の仲間ももうすぐやって来るしな」

「そうだな。俺は、荷をこの馬車に積み込む。お前はどうする、イグバール」

「そうだなあ、噂をすればなんとやらだ。奴等が来た」

そういって、イグバール様が庭の入り口の方を見やったの。見知った人達が二人連れだって歩いてきたのよ。先日、イグバール様の荷物を運んで下さった運び屋さんだったわ。

でも、なんで、馬車じゃないんだろう。

「すまんな、イグバール。大手の馬車屋からの要望だ、断れんかった」

「なに、いいってことよ。俺の馬車が必要なら持っていけ。ところで、その大手の馬車屋って？」

「あぁ、例のアレだ。お前は名前を聞くのも嫌だろうがな」

「アラウネアの所か。新しく出店するから、大量の荷を運ぶために、運び屋達を総動員してるって聞いたからな。まぁ、これも金儲けだ、せいぜい毟《むし》ってやれよ」

「あぁ、そのつもりだ。……場所は、聞いてないのか？」

「どうせ奴等のことだ、俺が借りていたあの場所じゃねぇのか？」

「知ってたのか。すまん」

「何を謝っているんだ？　俺は、あの場所を見限ったんだ。俺にとっては『忌み地』にしかならんよ」

運び屋さん達とイグバール様のお話、よく判らないわ。どういうことかしら。

そんな私の表情を読み取ったのか、ブギットさんがこっそり教えてくれたんだけど……

とても、腹立たしい話だったの。

なんでも、今話題に出ていたアラウネア馬車店って言うのが全ての元凶だったみたいなのよ。

弱小ながら業界でも注目されつつあるイグバール様を面白く思ってなかった、アラウネア馬車店の店主がね、イグバール様の面目を潰して、あわよくば店を排除しようと画策していたんだって！

馬車組合に内々で圧力をかけて、イグバール様がちょっと背伸びしそうな案件を持ち込ませたのよ。子爵家のお仕事がそれっていう訳。

荷馬車の製造販売は実績があるけれど、人が乗る馬車の製造販売実績の無いイグバール様。実績をあげることが出来たら、その後の商売に大いに発展が見込めるって。

『馬車店』主人としては、垂涎《すいぜん》の案件よね。無理をすれば可能。そして、事業の拡大も視野に入る。

お金だって名声だってね。だから、イグバール様はそのお話に乗ってしまったのよ。裏でアラウネア馬車店が画策しているなんて思いもしないでね。

子爵家の希望を全て満たしたキャリッジ。そう、今目の前にあるこの素敵な馬車。大手の馬車店でもちょっと厳しいくらい色々と盛り込んだ馬車。当然費用は物凄く掛かったでしょう。財産をつぎ込み、借金をしていることは、誰の目にも明らかだったはずね。

イグバール様は、子爵家のお仕事がなくなった時点で、未使用だった部品を返品しようとされたそうなのだけど、それも叶わず……まるで、どこからか圧力を掛けられているかのように、おかしいくらいに徹底的に無視されたんだって。

そして、部品を供給していた店全てに圧力を掛けられる立場にいたのが、アラウネア馬車店ってことだったのよ。

結果、イグバール様のお店は資金繰りに苦しみ、残ったのはキャリッジの残骸。

ブギットさんが、心底憎々《にくにく》しげな表情と共に、吐き出すように言われたの。

「あいつらのいやらしい所はな、借金返済に幾許《いくばく》かの助けになるだろうから、そのキャリッジの残骸を引き取ろうかと、あいつに打診したところだ。イグバールがうちに間借りしているのを知って、わざわざこんなところまで来やがった。あれは狙ってたな。労せずして、捨て値であいつの渾身のキャリッジを掠め取ろうと機会を窺《うかが》っていたようだな」

「なんですか！　それは!!」

「姫さんよ。商売ってのは、そういうもんだ。海千山千の商人が、あの手この手で潰しに掛かったら、力を持つもんでも対抗は難しい。まぁ、イグバールに謝ってきた連中も居る。仕方なかったんだな。大手の奴らの言うことを聞かないと、酷い目にあうのは判りきっているからな。それもあってか、あいつめ、簡単に許しよったよ。あいつなりの計算はあるんだろうが、俺には出来んな。なかなかの胆力を見せてもらった」

イグバール様、なんて方なの……

「それにな、イグバールの奴は言い切ってたぜ。残骸を含め、全ては出資者の方のもんだから、何一つ勝手は出来ないってな。お前さんのことだよ。勿論、名は明かさずにな。あいつをお抱えにしようとした厚顔無恥なアラウネア馬車店の奴らにも、いつものヘラヘラした顔で言い退けよったよ。無店舗の修理屋の腕なんざ、大手のあんたらにはいらねぇだろ？　俺は俺の仕事をするから。まぁ、修理依頼だったら、受けるぜ？　ってな。ハラワタ煮えくり返ってただろうに」

そんなアラウネア馬車店の最後の嫌がらせが、イグバール様が店を構えていた場所に自分達の店を新店舗として置くこと。

これが商人の戦いなのか……

しっかりと自分を見詰め、未来を描かないと、こうやって悪辣《あくらつ》な罠の間隙に落ちるってことなのかしら……商人の世界って貴族社会の足の引っ張り合いどころではないわね。

それにしても、その、アラウネア馬車店の人達。どこまでも、イグバール様を馬鹿にしているわ！

新店舗の準備に、イグバール様の馬車も使うなんて。

修理屋になったイグバール様の足を奪うつもりなのかもしれない。

「じゃあ、約束通り、二日間。壊されるなよ！」

「あぁ、その辺は心配するな。仲間が張り付くつもりだから、あいつらに手出しはさせねぇよ」

「頼んだぜ」

「おうよ！」

そうしてイグバール様の馬車は、運び屋さん達によって、連れて行かれてしまったの。

「お待たせしてすみません、エスカリーナ様。説明しようか。さぁ、馬車に乗ってくれ。御者のルーケル様は、ブギットの旦那の隣に。車の扱いを聞いて下さいな。ちょっと、変則的な御者台だからね。それじゃ、中身の説明をしよう。さぁ、さぁ、中に入って入って！」

イグバール様に背中を押されるように、馬車の箱の中に入ったの。

中は思った程、暗くないの。白濁した、半透明の窓ガラスから、光が入ってきているからかしら。三人くらい横に並んで座れる椅子は、しっかりとした革製。目の前には、跳ね上げ式のテーブルも付いているの。

「この机を使えば、書斎のようにも使えるんだ。簡単な手紙ならば止まってさえいれば、ここで書ける。それに、魔道具のランプも付けてあるから、手元は暗くならないよ」

「魔道具なんですね」

「あぁ、結構便利なものなんだぜ」

「判ります」

「次に、この馬車の目玉……この窓ガラスだ。特別なガラス結晶を使っててな、普段はこういう風に半透明で中が見えないようになっているんだが、魔力を通すと透明になるんだ。残念ながら、いま搭載している魔石に魔力がほとんど無くてな。起動出来ないんだが、ちゃんと実験はしているよ。取り付ける前に、それは確認している」

「そうなんですの。これだけ多くの窓があると、さぞや大変でしょう？　制御の魔方陣と、ガラスへの符呪は、イグバール様が？」

「あぁ、これでも、符呪で喰ってる家の出だからね。頼むと馬鹿高くなるから、その辺は自分でね」

「あの、もし、もし宜しければ、その制御魔方陣を見せて頂けないでしょうか？　私も、錬金魔法を嗜《たしな》んでおりますもので、とても興味がありますの。秘術でなければお願いしたいのですが」

「えっ、姫様、魔法術式を理解出来るのか？」

「ええ、まぁ、以前お話しいたしました通り、お薬とかポーションを作っていましたでしょう。それは全て錬金術で作っていたのです。それで、少しでも薬効をあげようと、色々と勉強いたしました。簡単な魔方陣の書き換えも出来ましてよ？」

「それは凄い！　そのお年で、研鑽《けんさん》を積んだ者しかやらないようなことが出来るのか。いったい、貴女は、どこまで俺を驚かせてくれるんだ？　魔方陣の書き換えが出来るくらい、魔法術式への理解が深いのなら、いいですよ。見せてあげましょう。ただし、結構複雑な術式だから、展開に時間がかかるんだ」

「ええ、判っております。何階層の魔法術式ですか？　それと、連結術式はバハール式ですか、それとも符呪の方の特別な方式でもあるのかしら？」

イグバール様が制御魔方陣を納めた箱を取り出して、中に入っている魔方陣を丁寧に扱いながらも私に明示して下さったの。物凄く精緻《せいち》な魔方陣。見ているだけでうっとりしちゃうくらいにね。

あーでもない、こーでもないって言いながら、その魔方陣を見ていくの。色々とご質問もさせてもらったのよ。ちょっとしたご指摘も出来たよ。イグバールさんは、びっくりされたみたいだけど。

とっても勉強になったわ。特に符呪の魔方陣。私には無理かなぁ。

でも、錬金魔方陣と同じような魔方陣なんだよね。

符呪とは、物質に魔力を加え、魔法を展開する能力を付与する魔術体系なの。

全部錬金魔法と根っこは同じ。ただ、魔方陣の書き方や形式が少し違うだけだと思うの。

「あの……」

「どうしました、エスカリーナ様？」

「あの！　宜しければ、私に符呪魔法の手解《てほど》きをして頂けませんか！」

ちょっと、あざといとは思いつつも、上目遣いで、イグバール様を至近距離から見詰めてお願いしてみたの。使えるものなら全部使って、欲しいものを手に入れるわ！

商人の戦いを見る中で習い覚えた、貪欲さをここで発揮しちゃったの。

イグバール様、目を白黒させていたわ。そして、ぼそりと呟かれたの。

「俺は兄達と違い、符呪の才能はありません。補うために、魔方陣を必死になって勉強したんです。……符呪の真髄《しんずい》は出来損ないには判らないから、いくら魔方陣を勉強しても無駄だと、兄達には言われ続けていました。こんな俺で、宜しいのですか？」

「イグバール様。これ程の術式を編める方が、何を仰います。貴方様のお兄様方が仰る〝符呪の真《しん》髄《ずい》〟が何かは、私には判りかねます。でも、思うのです。それは、あくまでお兄様方の真髄《しんずい》であって、イグバール様の真髄《しんずい》では無いと。符呪というものを深く理解され、これ程、難解な術式を編める方ですもの。イグバール様には、イグバール様の〝真髄《しんずい》〟があるのでは無いでしょうか？　私は、そう思いますわ」

しっかりと、イグバール様の目を見詰め、思う所を存分に述べたの。本心よ。だって、これだけのものを見せられたんだもの。出来損ないと言われているような人が、編めるような『魔方陣』ではないもの。貴方を蔑《さげす》んだ人達に言ってやりたい。

――貴方達の目は節穴です。

ってね。イグバール様の瞳がジンワリと滲《にじ》む。口元がちょっと震えている。

どうして？　何か、嫌なことを言った？

また、生意気なことを言っちゃったの、私？　怒ってらっしゃる訳じゃ無いわよね！

「エスカリーナ様。不肖、イグバール＝エランダル。貴女に符呪の心得を伝授いたします。我が家に伝わる口伝もあります。門外不出といわれるものも全て。貴女のお気持ちに応えるために、俺は全てを貴女にお教えいたします。宜しいか？」

「え、えぇ。も、勿論!!　でも、宜しいのでしょうか？　門外不出の口伝まで、こんな私に教えてしまって」

「前王妃の忘れ形見……何かあっても、それで押し通します。貴女には十分その資格がある。俺には、そう思えてならないのです。エスカリーナ様、精霊様に誓いましょう。幾久しく宜しくお願いいたします」

え？　えええ、ええええええ!!

そんなこと言われたって……でも、これがイグバール様のお気持ちならば、受け取らねば非礼に当たるわよね。

だから、私も、習い覚えた全ての礼節をもってお応えするの。

「精霊様の御威光に感謝を。貴方の献身に誉れを。受け取ります。貴方の想い全てを」

——い、言っちゃった。


これはね。王妃教育の中であった、臣下の礼をとった人に答礼するための言葉。

これ以上の返答は存在しないって教えられた言葉。

こんなの、庶民の私が言っていい言葉じゃないいんだけど、ここは誰にも聞こえない馬車の中だもの。私は王族ではないし、イグバール様も臣下ではない。でも、気持ちは伝わるわよね。

「お言葉、授かりました。エスカリーナ様はこれより、符呪師イグバール＝エランダルの筆頭弟子に御座います。……まさか俺が弟子を取るとは。時が来るまで、これは秘匿しなくては!! ……特に実家の馬鹿兄貴達にはなぁ」

私、符呪師様の弟子になっちゃったよ!!

なんか、いいよね。良き人の輪が、私を強くするの。

そう、一人で生きていくためには、信用と信頼と友誼を交わせる人が、絶対に必要だもの。

「それにしても、いつになったら、出発するんだ？ 忙しいって言ってたはずなんだがな！ ブギットの旦那、何をやっているんだ？」

声を上げたイグバール様。

そうね、用事があるって仰ってたものね、ブギットさん。どうしたのかしら？

丁度その時、馬車の扉をノックする音が聞こえたの。そっと、ひそやかなノックだったけどね。

やっと、出発かしら？　結構長く、イグバール様とお話ししてたし、悪いことしちゃったかも。謝らないとね。

馬車の扉を開くと外には、見たことの無い景色と、満面の笑みを浮かべた、ブギットさん、ルーケルさん。そして、憮然とした表情のお婆様がお一人……


――立ってこちらを見詰めていたの。


イグバール様も、その光景を見て、口を開けて呆けておられた。

私達、いつの間に移動したの？　全然判らなかったわ。

「話し込んでいるから、勝手に出発したんだが、良かったよな？　時間も押していたし。それで、乗ってみてどうだ？　揺れたか？」

にやりと笑うブギットさん。

「……ブギットの旦那。俺達、なんてものを作り上げたんだ？」

「御者台でも判ったことだが、こいつは途轍《とてつ》もないな。姫さん達は、さぞや乗り心地が良かったろうな」

「いや、移動している気配さえも感じられなかった。なんてこった!!　で、なんだ、旦那の用事は済んだのか？」

「あぁ、定期的に頼まれている、山の水を運びにな。『浜のおばば』の薬屋だ」

ブギットさんのご説明……なんか、とっても雑ね。

馬車を降りて、そのお婆様の前に進むの。

私のことをじっと見詰めている、黒いローブの高齢の女性。威圧感というか、人を寄せ付けない雰囲気というか……そういった感じのものを身に纏《まと》い、胡散臭げに私を見詰められている。

「エスカリーナと申します。突然の訪問をお許し下さい。『浜のおばば』様？」

そう挨拶をすると、大きく目を見開かれた。

何に驚かれているか判らないけれど、ブギットさんにそうご紹介されたんだもの、そう言うしかないよね。私はこの領では新参者だし、判らないことばかりだし。

ここは、素直にきちんと挨拶をしておくのがいいと考えたんだけど、ダメだったのかしら？

「初対面で、『浜のおばば』と言われたのは初めてだよ。私のことを知らずに来たのかえ？　まぁ、いい。小気味よいの。私はミルラス。ミルラス＝エンデバーグ。薬屋『百花繚乱』の主人さ。入っておいで、茶でも入れよう。ブギット、『山の清水』、いつもありがとよ。それと、そっちの兄ちゃん。あんた、エランダル家の者だね。匂いで判るよ。あんたも入っていいよ。まずい茶だが、振舞ってやるよ」

その言葉に、ブギットさんは面白そうに笑い、そしてイグバール様は、固まってしまわれたの。

私は、訳がわからず、立ち竦《すく》んでいたのだけど……一陣の気持ちのいい風が、私達の背中を押したの。新しい出会い。そして、良き人の輪。

——その風に、精霊様の御意思を感じたの。

だから……頬に笑みを浮かべてね。しっかりと前を見て、『浜のおばば』様ことミルラス様の後に付いて、薬屋『百花繚乱』の中に、初めて足を踏み入れたのよ。

まさか、この方が、生きた伝説ともいえる『海道の賢女』様とは、思いもしないでね。

＊　＊　＊

『百花繚乱』の店内に誘われた、私達。

御者のルーケルさんも一緒に入ったの。ミルラス様が、一緒にって言って下さったから。よかった。だって、お外は今から暑くなるもの。なんの日除けも無い所で、待たせるなんて出来ないわよ。

店内は、とても涼しくて緑あふれる場所だったの。お店の名前の通り、青々と繁る葉の間から、可憐な色々なお花が咲き乱れていたわ。

お薬屋さんらしく、カウンターの向こう側の棚には、お薬とポーションの瓶が並んでいるの。どれも薬効の高いものばかり。

自分でも錬金魔法を使って作っていたからよく判る。置いてある瓶一つとっても、かなりの高位錬金魔法でないと作れないもの。そんな瓶に入る薬も当然、高位ポーションでしょう？

つまりは、このお薬屋さん、とんでもない品揃えの、とても貴重なお店ってことね。

ねぇ、ブギットさん、どういったお知り合いなの？

それに、この方はどんな方なの？

困惑気味の私達に、苦笑を交えつつ、ミルラス様が仰ったの。

「さぁ、こっちへ来な」

カウンターの向こう側に、特別なお部屋があったのよ。そこに入る前に、薬品棚の側を通ったんだけど、棚の、少し奥まった所に、とんでもないポーションを見た気がしたの。


――『エリクサー』の瓶よ。


最高位の錬金術師が何年もかけて錬成する最高位ポーション。

今現在、錬成出来る錬金術師様は数える程。このファンダリア王国にも一人か二人。王宮薬師に一人いらっしゃると、噂では聞いているのだけれど、相当の御年の方だとか。ファンダリア王国の至宝と呼ばれているらしいわ。

なんか、本当に、とんでもない場所に連れて来られちゃった。

奥まったお部屋には大きな錬金釜が鎮座していてね、ここが『百花繚乱』の心臓部分だってことが、なんとなく判った。

でも、そんな大事な所に、私達を連れて入っていいの？

「まぁ、座りな。楽にして、茶でも飲んどくれよ」

ミルラス様はそう言うと、錬金釜近くのサイドテーブルの上でお茶の用意を始められたの。

色んな所に椅子はあったから、それぞれが好みの場所に座ったわ。私は、何かお手伝い出来たらいいなって思って、ミルラス様の近くに立っていたの。

「あの、何か、お手伝いしましょうか？」

「ん？ いや、いいよ。あんたも座ってな。そうさね、そこの小振りの椅子にでも」

そう言って、小さな椅子を示されたのよ。背もたれの無い、小さい椅子。可愛いの。座面がパッチワークで作られていて、それでもしっかりとした造りで。

カチャカチャとカップを鳴らし、ミルラス様が皆にお茶を振る舞って下さったの。いい香りよ。その中に混じる、薬草の香り。脳裏に浮かび上がる、色々な薬草の名前。複雑なお味だったけど、体力回復効果と、癒しの成分がかなりの量含まれているのを感じたの。

——流石《さすが》は、お薬屋さんのお茶ね。

「さてブギット。この貴族の娘をここに連れて来た理由を聞こうか？」

ミルラス様がブギットさんに尋ねたの。

「馬車の試し乗りのついでだ。他意はない」

「ふん、どうせこの貴族の娘も、尊大にお前に言いつけたんだろうさ。『百花繚乱』に連れて行けってな。綺麗な服を着ているじゃないか。大方、フランシスの隠し子かなんかだろ？　奴に言われるがまま、唯々諾々《いいだくだく》と従ってんじゃないよ！　ここに来た理由は、単に試し乗りのついでだと？見え透いたことを言うんじゃないよ！」

「おばば、俺が今まで嘘をついたことがあるか？　そう思うのはおばばの勝手だが、この姫さんを前にそんなことを言うのは不愉快だ」

「おや？　人嫌いのあんたが、庇《かば》うのかい？」

「あぁ、この子は、得難い友だと思っているぞ？」

「ほぅ、そうかい。お前が、そう言うのかい」

ブギットさん、そんなにミルラス様を睨まないで。ただでさえ怖い顔なのに、辺りが寒くなる程の威力よ？

それに、ミルラス様に言われたようなことは、王都では当たり前のように言われていたから、気にしないわ。直接私の耳に入るように言ってきた方だっているのよ？　そんなことは、別に今更だし。蔑《さげす》んだ言葉に、怒ることないわ。

憮然としているブギットさんから目を離し、今度はイグバール様に視線を投げかけるミルラス様。

「そこの、エランダル家の息子。お前の〝名〟はなんというんだい？」

「イグバールに御座います、賢女様」

「ふん、そうかい。あんた、あの噂の『エランダルの出来損ない』かい。ブギットとつるんで、何をしてるんだい？」

「私は、馬車屋です。馬車屋がすることは一つですよ、賢女様」

「おお、そうかい。おおかた、この娘に大金でも貰って、命じられるまま尻尾でも振ったんだろう。あぁ、そうか。この娘から、闇の属性の魔力の香りがするよ。この娘が使った【魅了】にでも引っ掛かったんだろ？」

イグバール様の顔が歪むの。

そりゃ、大金でイグバール様のお店ごと買っちゃったから、あながち間違いではないけれども……でも、イグバール様に魔法なんてかけて無いし、そもそも、【魅了】の魔方陣を展開したことすら無いのよ、私。

「それは、ありえませんね。これでもエランダル家の者です。耐精神系の魔道具くらいは常時展開していますよ。符呪師の基本ですからね」

「ふん、どうだか。その魔道具が壊れているか、作った奴の腕が悪いんだろ？」

ミルラス様、どういうつもりなんだろう？

お茶に招いたかと思ったら、ずけずけ人の嫌がることを言う……何か意図があるのかしら。なんの意味があって、こんなことを言うのかしら？

でもね、いけないことをされているわ。とても、いけないこと。

イグバール様の身に着けていらっしゃる魔道具は、ご本人が作られたもの。

言っていいことと悪いことがあるわ。この発言は許せない。

ブギット様に対しても、イグバール様に対しても、非礼が過ぎる。

言わなくちゃ。きちんと御諫言《かんげん》申し上げなくちゃ。いくら目上の方でも、いけないことはいけないこと。

だから、私はしっかりとミルラス様を見詰め、そして、声を張り伝えたの。

「イグバール＝エランダル様は、私の『符呪』の師に御座います。今のご発言、撤回して頂きとう御座います」

私の言葉を聞いて、ミルラス様は面白そうに笑われたの。

「小娘が言うじゃないか。何を撤回せよと言うんだい？」

「魔道具が壊れている、もしくは、作った者の腕が云々《うんぬん》という言葉で御座いますわ。符呪師様が心を込めて作ったものを、蔑《さげす》んで良いはずは御座いますまい。非礼に当たります。私に関して言えば、卑《いや》しい生まれと言われても結構で御座います。ただし、私の父はダクレール男爵閣下では御座いません。男爵閣下と母の名誉のためにお知らせ申し上げます」

じっと私を見詰めるミルラス様。

ブギットさんに浜のおばばと呼ばれ、イグバール様に賢女と呼ばれたこの人が、何者かは知らない。私の認識では、ミルラス様は、『百花繚乱』の女主人にして、一流の腕を持つ錬金術師でしかない。

だから、非礼を働けば、きちんと注意もするし叱責もする。私がたとえ〝ただの庶民の子供〟だとしても、相手がどんな方だとしてもね。

友誼を結び、師となって下さった方達を侮辱されて、声も上げない、そんな人にはなりたくない。

「どんな手を使って、こいつらを手懐けたんだ、お前は。闇の属性魔法かい？　小さいなりをして、恐れ入ったよ！　小綺麗な顔で、大の大人を誑《たぶら》かすとはね。きっと、お前の母親の血脈なんだろう。淫乱で、多情？　ハハッ、お貴族様らしいね！」

ギリリと身体が軋む。この人、お母様を『侮辱』した。

知りもしないくせに、『気高く、誇り高い人』だった、お母様を、悪し様に罵るなんて!!

許せない、ええ、許せはしないわ!!

「撤回して下さい。お母様を、エリザベートお母様を、蔑《さげす》まないで!!」

許さない。この方が発せられた、〝言葉〟だけは、決して許さない！

強く強く感情が揺さぶられ、激情が私を覆い尽くすの。

黒い感情が一気に広がり、粟立《あわだ》つような焦燥感が身体中に広がり、熱く、熱くなっていく。

怒りが激情となって身体を駆けていくの！

視界が真っ白になり、焼けつくような魔力の奔流が私の身体から溢れ出ていくの。

止めようもない激情が、爆発的に身体から発せられるわ。

「な、なんだい、この魔力は！　こ、これは、魔力暴走⁉　何故、こんな貴族の娘が⁉　い、いけない！　この魔力の質。そして、この量！　このままじゃ、この辺一帯どころか、ダクレール領の半分が吹き飛んじまうよ⁉」

「な、なんだ、何が起こっているんだ、おばば！　お嬢！　どうした！　なんとかならんのか？　おばば‼」

「煩《うるさ》い！　今、やっている！　クソッ！　追いつかないよ‼」

ミルラス様は、手に魔方陣を編み出され、私を包み込むように展開されていく。

でも、そんな魔方陣を片端から焼き潰していく私の魔力。その奔流は、私ではどうしようもないの。ただただ、激情が、私の中を駆け巡っているの。

突然、その時何かとても、大きくて優しい〝もの〟に身体を包み込まれて、抱《いだ》かれるような。

そんな、気持ちになったの。


——そう、途轍《とてつ》もなく大きな〝愛〟を感じたの。

そして、私の意識は深い闇に包み込まれたの。

前後左右も、上下の感覚も無く……

時間すらあやふやな、そんな〝優しい暗闇〟の中で、ぽっかりと浮かんでいたの。

どのくらいの時間が経ったのか……ぼんやりとした浮遊感が徐々に薄らぎ、誰かが優しく抱いてくれているのが、朧気ながら知覚出来たの。

そして……ようやく……

視界が戻って来たの。なんだか、とても、温かい。

そして、その理由が判った。私、抱き締められていたの。

ええ、ミラスル様に抱き締められていたのよ。

彼女は、思い詰めたように言葉を紡がれたの。

「あんた、前王妃エリザベートの娘だったんだね。エスカリーナと言ったかい？」

私が意識を失っている時に、イグバール様がお伝えになったのね。後で口止めしとかなくちゃ。

軽々と言うべき事柄では無いわ。そっと、イグバール様を窺《うかが》うと、表情を歪めながら頷いておられた。もしかしたら、ミルラス様に、無理に聞き出されたのかも……

「……はい」

渋々、事実を認めるの。否定したところで、それが通るとは思えないもの。

「……お前を、今のような境遇に産んだ、エリザベートを怨《うら》んだことがあるかい？」

「いいえ。お母様は、私が生きることを選択されました。あの日、一緒に永久の眠りにつくことも出来ましたのに、敢えて私を、生き残らせて下さいました。〃生きよ〃と、言われた気がいたします。怨《うら》むなど、筋違いで御座いますわ」

「〃エスカリーナ〃の名は重いだろう……いっそ全てを捨てて、他の名を欲しいとは思わなんだか？」

「お母様が付けて下さった名前です。誇りに思える名前です。私が私であるのも、この、エスカリーナという名であるからです。他の名前では、私では御座いません」

「頑固な所も、あの子にそっくりだ。まるで、小さい頃のエリザベートを見てるみたいだよ。自身がどんなに悪く言われようと、微笑みを持って受け流し。大切な者を傷つけられると、途端に獅子のように雄々しく、龍のように気高く、そして、飢狼のように容赦なく歯向かって来る。相手が誰か、確かめる前にね……あんた、本当にエリザベートにそっくりだよ」

とても懐かしそうな目で、私を見るミルラス様。

えっと、お母様とお知り合いなの？

そして、苦々しい顔をしたブギットさんが、おもむろに声を上げたの。

「おばば、試したな？」

「初対面の貴人には、いい試金石《しきんせき》なんだよ。人となりを見るのにね。ブギット、イグバール、すまなんだ。この婆の戯言《たわごと》と聞き流してくれれば、ありがたいんだがな」

「おばばが、あんなことを言うんだ、何か訳があるとは思ったよ。だが、試すようなことは二度としないでくれ、そうしてくれれば許そう」

「……賢女様。一つ条件が御座います」

先程とは打って変わって、真剣な瞳で視線をピタリとミルラス様に合わせるイグバール様。ご自身の『矜持《きょうじ》』を、存分にその視線に乗せているの。改まった口調になり、言葉を紡ぎ出すのよ。

「エスカリーナは、我が最初にして最後の弟子。その弟子を蔑《ないがし》ろにした『先程の言葉』の撤回を。さすれば、私も、賢女様のお言葉は忘れましょう。如何か？」

「そうかい……王国最強の符呪師一族が息子、符呪師イグバール＝エランダル。あんたの弟子なんだね、この娘は。あんた、見る目があるよ。あのエリザベートの娘ならば、才能は底無しだよ。悪かった。もう二度と言わない。エスカリーナ、すまなかった。試すような真似をしたことを許しておくれ」

「勿体なく……イグバール様もありがとう御座います」

剣呑《けんのん》ともいえる、その場の空気が、フッと緩んだの。

多分……多分ね、ミルラス様って、今まで沢山の嫌な思いをしてらっしゃったんだろうなって。こうやって、初対面の人を試すようなことをするのは、その予防線だろうなって。

だから私、別に怒ることもないわ。ちゃんと、謝って下さったもの。

大事な方々に、真摯《しんし》に、心から……

ところで、誰もミルラス様のことを、ちゃんとご紹介して下さらないの。聞かなきゃね。

「あの……」

「なんだい？」

「ミルラス様。貴女はいったいどういう御方なのですか？　それに、母と面識がおありなのですか？」

目を見開いて、驚きの表情を浮かべるブギット様、イグバール様、ルーケルさん。

えぇぇぇぇ？　そんなに驚くことなの？

「それって、本気で言っているのかい？　エスカリーナ」

「ええ、イグバール様。申し訳ありませんが、御教示頂ければ嬉しいのですが」

私の言葉を聞いて、三人の驚愕の声が、お部屋に響き渡ったの。

「「「えぇぇぇ!!　本当に『海道の賢女』様を知らないのかい!!」」」

皆が驚きの声を上げた後、沈黙が部屋を覆いつくしたの。

えっとどうしよう、この空気。何か、とてもまずいことをお尋ねしてしまったのかもしれないわね。助けを求めようにも、皆固まってるし……

あぁ、一人だけ、面白そうな表情で、私を見ているわ。そう、ミルラス様ご本人よ。

おもむろに、口をお開きになったのは、そのミルラス様。

「エスカリーナや。私が何者で、どんな者なのかは、お前にとって大事なことかい？」

「はい、ミルラス様。その、生意気な口をきいてしまったことは、申し訳なく思います。ミルラス様がどういった人か知っていれば、もう少し言葉を選ぶことが出来たと思いまして。それに、お母様と御面識もあったようですし、気になりますわ」

「エリザベートの娘だよ、本当に。あぁ、判った。私が何者でも、さっきの言葉は言ったたってことだね。本当に、向こう意気だけは強いね。いいよ、判った。私はね、ミルラス＝エンデバーグ。その昔、光属性を見出され、教会に連れ込まれた、哀れな平民の成れの果てだよ」

「光属性ですか。私とは、正反対で御座いますね。でも、今はお薬屋さんの『百花繚乱』の御主人様で御座いましょう？　光属性となれば、教会の人達が手放さないのでは？」

私の言葉に顔をしかめる、ミルラス様。

イグバール様が、お話の後を続けて下さったの。

「エスカリーナ。ミルラス様は『海道の賢女』。先々代の国王陛下にお仕えされた、高位宮廷魔術師様です。戦野を駆け巡り、数多の敵をその強大な魔法の力で打倒され、ファンダリア王国の礎《いしずえ》を築かれた御方なのです」

「よしとくれ、イグバール。何も知らない小娘が、何も知らぬまま戦場に引き摺り出され、生きるために持てる力の全てを出し切って〝もがいた〟結果だよ」

ミルラス様の御言葉をさらりと無視して、イグバール様は続けて言葉を紡がれるの。その瞳にはとても真剣な光が宿っていて、とても大切なことを話して下さっているのだと、良く判るの。

「更に、先代様の御世には、王国魔導院の筆頭に任じられ、多くの後進のご指導をされました。また、錬金魔法にも深い理解を持たれており、現国王陛下の勅命により、王宮薬師院特別顧問に任ぜられております。ファンダリア王国の『至宝』とも呼ばれている方なのですよ」

うわぁぁ！　とんでもない不敬をやらかしてしまった!!

ミルラス様は、普通なら、御前に出ることすら叶わないような、そんな方だったんだ！

で、でもさ。この辺境の片隅に、なんでそんな偉い人が居るの？

それにね、ブギット様とも旧知の仲みたいだし、色々と、疑問が湧き上がるのよ。

「そのような、御方とは存じ上げず、申し訳御座いませんでした。……あの、お母様とは、王宮でお会いになっていたのでしょうか？」

「あぁ、そうだよ。もっとも、先代のドワイアル大公が、目に入れても痛くない程溺愛しておったんだ。エリザベートは、小さい頃から王宮に出入りしておってな。あぁ、お前から言うと、御爺様ってことになるのか。奴も、他の者共にとっては、悪逆非道の外務官だったのだがね。こと、愛娘《エリザベート》に関しては、とことん甘い男であったからね。私は先代と仲が良かったんだ。だから、エリザベートのことも子供の頃から良く知っているんだよ」

遠い目をされたミルラス様は、言葉を続けられたの。

「お前の疑問は判る。何故、そんな高位の者がこんな片田舎に暮らしているんだってことだろ？

平民出の魔術師が、平和を手に入れたファンダリア王宮でどのような扱いを受けるか、エスカリーナは知っておるだろ？　御多分に漏れず、私も色々な目に遭ったよ。まぁ、頭にきたから、王城コンクエストム、王都ファンダルから、出て行ってやったんだがね」

あぁ、やっぱりそうか。貴族の中には、平民を塵芥《じんかい》のように思っている輩《やから》が居るから。王国の礎《いしずえ》を築いたのが、平民出の魔術師というのが気に入らないのね。

事あるごとに、難癖を付けられて、力で排除するのも大変だろうし……

あの魑魅魍魎《ちみもうりょう》の巣窟《そうくつ》みたいな王城コンクエストムで、ミルラス様のように素直な方は、さぞやお苦しみになったろうね。

「それで、エリクサーを持ち出されたのですか？　ご自身で御作りになられた、最高位ポーションであるエリクサーを悪用されぬようにと？」

目を見開いて、私を見るミルラス様。

えっ、だって、お店の薬棚にあったでしょう？　そういうことじゃないの？

「エスカリーナは、目聡《めざと》いな。あぁ、そうだよ。あのポーションはダメだ。ダメなんだよ。あのポーションは強大な力を秘めているんだがね。下手すりゃ、死人さえ蘇《よみがえ》る。蘇《よみがえ》った死人は生前の記憶を持たぬ者になる。まだ、不完全なポーションなんだよ。そんなものをありがたがる奴等には、持たせておけない。だから持ち出した。よくアレを見破ったね」

「書物で、どのような外見をしているか、どのような魔力を放出しているかは存じておりました。実物を見たのは初めてでしたが、あれ程のものなれば一目で判ります」

「王国魔導院の奴等に聞かせたいね。私が置いてきた偽物を、今もありがたがっている奴等には、エスカリーナの目の半分程もくれてやりたいよ。いや、まったく。おい、イグバール。エスカリーナに符呪を教えるんだろ？」

突然声を掛けられたイグバール様は目を白黒させ、口に含んだお茶を噴出しそうになってるのよ。コクコクと頷くイグバール様。その様子を見ながら、ミルラス様は言うのよ。

「基本からしっかりと伝授してあげな。優秀っていっても、まだ、ほんの八歳の小娘だ。知識を渡すならば、着実に基本からだよ」

そう言いながらも、今度は私に目を向けて来られたの。

ジッと私を見て、そしてね、小声で言われたのよ。

「あんた、闇の属性持ちなんだろ？　知られているのかい、ドワイアル大公に」

「多分、まだかと。よくは判りません。でも、御存知なのかもしれません。大公家では、錬金釜無しで、お薬やポーションを作ってましたから。ハンナ様が、奥様や大公閣下に申し上げていれば、あるいは」

「…………」

何かを考え込むように、目を伏せられたミルラス様。

なんだろう。私が、闇属性持ちだと知られたら、ダメなのかしら？

でも、大公家には多く発現する属性なのでしょ？

だったら……

「あのね、エスカリーナ。光と闇の属性持ちは、特別なんだ。他の六属性を従えられるし、内包魔力が多ければ多い程、その力は増す。いいかい、万が一あんたが闇属性持ちだということが、大公家だけでなく王家や王宮の連中に知られれば、まず間違いなく囲い込まれる。それ程なんだよ。ちょっと、手をお出し」

言われるがまま、両手を差し出したんだ。その手をミルラス様が掴む。ぼんやりと、光が両手を包み込んだの。物凄い勢いで、魔力が吸われたのよ。魔法を使うでも無く、ただ、勢いよく魔力が流れ出したって感じなの。ちょっと、眩暈《めまい》がしたくらい。

「あんた、エリザベートの血を長時間浴びたね。いったい、あの子は何をやっているの！　こんな小さな子に!!」

私から手を放し、ふらつく足取りで椅子に座るミルラス様。そして考え込まれたの。沈黙がお部屋の中に充満するのよ。重い空気ね。

何がいけなかったの？　良く判らないわ。

「エスカリーナ。あんた、どのくらい、魔法の勉強をした？」

「はい、大公家御息女アンネテーナ様と御一緒に、ある程度は。ただ……」

「ただ？　あぁ、そうかい。能力を隠していたんだね……あの家の娘に合わせるようにかね。まぁ、そうだろう。さっき、魔力を見させてもらった。光と闇は相反する力。交じり合うと、対消滅を起こすんだ。で、判ったことがある」

「なんでしょうか？」

「あんたの、その莫大な魔力は、あんたの身体を蝕《むしば》むよ。魔力循環と練り込みはやってるかい？」

「はい、日課として」

「それは良い。でもね、あんたの血の中には、エリザベートが書き込んだかなりの数の魔方陣があるんだ。きっと何があってもいいようにって親心だね。その想いは判る。……けどね、あんたの固有魔力も相当多いんだ。その上に、エリザベートの膨大な魔力を抱え込んでいるってことさ。危ういよ。今もギリギリって所だ。それに、最近、禁忌の闇魔法を使ったね。闇の属性が活性化しているよ」

「どうすれば良いのですか？　意識して闇魔法を使ったのは、確かですが……」

「何を使ったんだい？　結構大型の魔法とみたけれど」

「男爵閣下の図書室で読んだ魔導書に載っていた魔法です。禁忌に触れるであろうものでしたが、興味が勝りました。名前は【時間遡上】。馬車の車輪四つに、期間は三年で用いました」

「時間魔法かい……それも、高度な。代価は体内保有魔力か、マズイね。相当、刺激したね……イグバール、よくお聞き。あんたは、この子の師だ。だから、この子の状態をよく知らないといけない。今、この子の魔力は非常に不安定な状態だ。符呪関連の魔法ならそこまでは影響は無いが、こと闇の魔法に関することは、今のこの子にとっては『禁忌』だよ。符呪を練習し実行するのはいい。

けれど、闇の魔法効果を呪符しないこと。いいね。さもないと、この子の体内保有魔力が暴走するよ、さっきみたいにね。親心ってのも……善し悪しだね。いいよ、判った。私がエスカリーナを導こう。こんな膨大な魔力を暴走させたら、最悪この領一帯を吹き飛ばしかねないからね」

はっ？　えっ？　私を導く？　つまり、師になって下さるというの？

ファンダリア王国随一の魔術師様が私の師？

「魔法の基本から叩き直すから、そのつもりでいな。そうさね、週に一度、ここにおいで。色々と覚えなくちゃならないことがあるんだ。あんたの知識は虫食いだらけだからね……ブギット」

「なんだ、おばば」

「山の水の配達、この子がやるのは構わないかい？」

「おばばが無茶しないと約束するならな」

「約束するよ。むざむざエリザベートの娘を魔力暴走なんざで殺させはしないから。そのための訓練さね。週に一度、山の水をこの子が『百花繚乱』に運ぶ。そして、私の導きを受ける。どうだね」

ブギット様が、顎《あご》に手を当てる。

暫《しば》く考えた後、おもむろに答えを口に出されたの。

「エスカリーナが良いと言うならな。まぁ、俺もその方が良いと思うな。おばばがそう言うんだから、そうなんだろ」

「決まりだ。イグバールも良いね。あぁ、それと、これはここだけの話さ。ルーケルだったね。あんた、口は堅いよね」

「賢女様。私にも御役目を？」

「あぁ、今までの話は、秘匿する必要があるんだ。この子がここに来る時には、あんたが連れて来ておくれよ。事情を知る者は少ない程いいんだ」

「一人だけ、お知らせしたい方がおります」

「ハンナ嬢ちゃんかい？」

「左様に。あの方は、エスカリーナ様に仕えると、言い切られております。秘匿は難しいかと。もし隠しましても、色々と探られます故」

「エスカリーナ。ハンナ嬢ちゃんには、あんたから話しな。しっかりと秘匿しなきゃならないって、伝えるんだよ」


無言のままで頷く私。

なんだか、大変なことになってしまったわ。

この私が、賢女様の弟子？　どうなっちゃうんだろう。

それに、賢女様から不穏なことも言われちゃったし……

私、魔力暴走が起こる可能性があるの？

「いいかい、エスカリーナ。もう一度言うよ。私から見たら、あんたの魔法の知識は虫食いだらけだ。いつ、破綻するか判らないくらい、危ういんだよ。正確な知識を身に付け、あんたの闇属性を完全に支配下におかないとね。はぁ……エリザベートも『どえらい置き土産』を、置いて逝《い》ったもんだよ。あの子には力になってやれなかった分、エスカリーナには精一杯、魔導の師として教え導くよ。いいね」

とても優し気に微笑まれたの。

やや問答無用な感じもしたけれど、これで、私は二人の師匠を得たんだ。

一人は、符呪の師匠。符呪師イグバール＝エランダル様。

そして、もう一人は、魔法の師匠。『海道の賢女』、ミルラス＝エンデバーグ様。

ミルラス様は、お母様のことも気に掛けて下さっていたみたいだし、何より、私の知らないことをこの方は知っているもの。

魔力暴走の危険性とか、私の魔法の知識が偏っているだとか、生まれ持った魔法の属性は鍛えて従えなくちゃならないとか……本当に、私、何も知らなかったんだなぁ。

大人になるための一つの区切りである、第一成人年齢に当たる十二歳まで、あと四年。この四年の間に、ミルラス様曰く〝虫食いだらけ〟の魔法の知識を補填して、闇属性を完全に支配下におくのよ。

——そうと決まれば、頑張らなくちゃ。

今の私は、火樽《ひだる》を抱えたようなものだということよね。判った。精進する。きちんと属性を支配下において、安定させてみせるわ。

そうしたらミルラス様みたいな、錬金術師のお薬屋さんになれるかなぁ。なれたら良いなぁ。

市井《しせい》で小さなお店を開いて、誰もが病気や怪我に苦しむことの無いようにしたいなぁ。

あっ！　そうだ!!

——私、ミルラス様のような『薬師錬金術師』に、なりたい!!

目標が、希望が見つかったわ。『薬師錬金術師』になりたいっていう『希望』が!!

ミルラス様は、私の希望を聞いて、にこやかに笑ってらした。

知識を深め、鍛錬が進んだ後、どの方向に向くかは、私次第だって仰ったのよ。

「まぁ、目標があるのはいいことさね。この婆が、それを手助けしてやるのも吝《やぶさ》かではないね。そんなお前に、一つ課題を出してやろう。おい、お前ら、薬草一式、バスケットに入れて持っといで」

ミルラス様がそう言われたの。

そうすると、お店の中で咲き乱れる、薬花、薬草の鉢の間から、手のひら程の大きさの人？　らしきものが、ワラワラと出て来たのよ。ちょっと驚いた。

もう一つ驚いたのは、彼等の姿は、私とミルラス様以外には見えていなかったということ。

「ほう、レプラコーンを見ることが出来るのか。それも重畳《ちょうじょう》。おまえ、相当精霊様に愛されているな。こいつらは、妖精レプラコーン族。ちょいと訳アリなんだが、『百花繚乱』のお助け妖精なのさ。まぁ、好きで居ついている奴等も居るのでな、仲良くしてやってくれ」

「はい、ミルラス様。妖精レプラコーン族の皆様、これから度々、こちらにお邪魔させて頂きます、エスカリーナに御座います。どうぞ、よしなに」

ミルラス様の膝から降り、両手でスカートを摘まみ、膝を折り、頭を下げたの。

これは、貴人への挨拶。人では無く、精霊様に近い妖精レプラコーン族の方ならば、捧げないといけないご挨拶。

忙しく動き回っていたレプラコーンさん達は、一様に固まったの。

「おやおや、こんな所に古《いにしえ》の礼節を護る者がおったか。重畳《ちょうじょう》、重畳《ちょうじょう》。さぁ、皆、これから『百花繚乱』で勉強するエスカリーナだ。見知っておきな」

ミルラス様の言葉に、一様に頷き私に頭を下げる小人さん達。

なんだか、物凄く可愛い。抱っこして、頭なでなでしたい！　失礼かな？

そんな小人さん達が、集めてくれた薬草と薬花の数々。バスケットに結構な量を入れていたわ。

小人さん達はそのバスケットをミルラス様に手渡して、あっと言う間に草花の陰に消えて行った。

「エスカリーナ。このバスケットの中にある薬草と薬花の効能と成分を書き出しな。どこまで【鑑定】出来るか、見ておきたいんだよ」

「あ、あのミルラス様。私、【鑑定】の魔法は使えませんわ。あれは血に刻まれる、特異魔法ですわよね。私、特異魔法は使えませんわ。私が出来るのは、錬金魔法の【分解】【解析】それと、【抽出】だけですわ。効能や成分の確認をするには、一度【分解】しないと」

「なんだと？　錬金魔法だけで、鑑定まがいのことをしてたのかい？　それに特異魔法だなんて、そんな『世迷《よま》いごと』を信じてたのかい。あれは、【鑑定】使いの者が自分達以外の『鑑定士』を世に出さないための戯言《たわごと》だよ。まったく、あんたって子は！　ちょっと手をお出し」

そう言って、私の手を取るミルラス様。

ポワンって、手に魔方陣が浮かび上がるの。緑色の魔力で描かれた、ちょっと複雑な魔方陣。一度も見たことの無い形状と術式だったのよ。

「今お前の手に転写したのは、初歩の【鑑定】魔法だよ。目に張り付けて使うんだ。戦野を駆け巡っていた頃は、魔術師なら誰だって知ってたものさ。喰えるものを、荒野で探すには、持ってこいの魔法だからね。展開してごらんよ」

言われるがまま、今貰った魔方陣を展開してみたの。

うわぁぁ、簡単に複雑な魔法術式が編めた。まだ、良く判らないのに。これ、どういうこと？

目を白黒させている私に、ミルラス様は呆れたように仰ったんだ。

「まったく、今までどうやって魔方陣を学んでいたんだい！　普通は師から、こうやって転写して

もらうんだよ。羊皮紙なんかに書いた魔方陣は、どうやったって、精度に欠けるからね。あんたにゃ、まともな師が居なかったって……そういう、こったよね。貴族の娘にゃ必要ないもんだからねぇ……」

溜息と共に、大きなバスケットを渡されたの。

これって目標のための第一歩みたいなものよね。じゃあ、頑張ってみるわ。

だから、そんな呆れたような目をしないで欲しいなぁ。

＊＊＊

夕刻も近くなり、なんともいえない、そんなお茶会は幕を下ろしたの。

『百花繚乱』を出た時には、空が真っ赤に染まっていて、星が瞬き始めていた。

雲一つない高い空。昼間の熱気を拭うように吹く風。現実感がまるでない、『色んなこと』が決まった後。空を見上げたら、ホッと一息つけた。

皆でブギットさんの所に戻る道すがら、今後のことをお話ししたの。

私は週に一度、ブギットさんの所に行って、『百花繚乱』へ山の清水を運ぶ。水はブギットさんが用意してくれるって。

イグバール様は、馬車の修理の合間に、ダクレール男爵の御邸に来て下さるそう。

今までも、少しだけれど男爵家の馬車の修理もしていたから、丁度いいって。

その時に時間を作って、符呪の勉強を見て貰えることになったの。皆には内緒だよって、茶目っけたっぷりに、ウインクされたのよ。

それとね、御者のルーケルさん。ダクレール男爵閣下にお願いして、私の専属御者になるって言ってくれたのだけど……いいのかなぁ。

「フランシス閣下には、貸しが沢山ありますでな。私の我儘《わがまま》の一つくらいは聞いてくれるんですよ。御邸には使える馬車も少ないですし、奥様方のお使いになる馬車の御者には、こんな年寄りは呼ばれませんからな！　ハッハッハッ！」

腕のいい御者さんは、値千金なのよ？　本当に大丈夫なのかしら。

でも、ミルラス様が仰っていた通り、事情を知る人は少なければ少ない程いい。ルーケルさんが居て下さるなら、とても心強いし、ありがたく申し出を受けようと思うの。

いずれ、一人で生きていかなくちゃならないし、ルーケルさんに馬車の手綱捌きを教えて貰うのもいいわね。

うわぁぁ、お師匠さんが一杯だぁ！　なんだか、ウキウキしちゃうよね。

乗り心地の良い馬車に揺られながら、夜の帳《とばり》が迫る領都の街を行く。

あちこちの家に明かりが灯り、一日頑張って働いていた人達が、家路に就く。

路地裏で走り回っていた子供達を呼ぶ、お母さんらしき人の声。

すでに、酔ってご機嫌になっている、おじさん達の笑顔。

一日の終わりに、笑顔で居られる、そんな街を護りたいな。そして、彼等と一緒に暮らしていきたい。そんな感情が、私の中に生まれては、心に強く刻み込まれたのよ。

ブギットさんのお店に着く頃にはすっかりと日も落ちて、満天の星が見えていたの。

「遅くなっちまった。すまん。気をつけて帰るんだよ。ルーケルさんよ、頼んだぜ」

「ええ、判っております。お嬢様、ちゃんと大人しく、キャリッジに入って下さいね。御者台には乗せられませんよ」

「はい。もう、日が暮れましたものね。判っております。どうぞ、宜しくお願いします、ルーケルさん」

笑い合って、手を振って、御邸に戻ったの。

キャリッジの中で一人きりになって、改めて【鑑定】の魔方陣を展開したわ。見れば見る程、精《せい》緻《ち》で未知な術式。使うだけなら、このまま目に張りつければいいのだけれど、それだけじゃ面白くない。ちょっとずつでも、この魔方陣を理解していきたいと、強く思ったわ。

じっくりと見ていたら、時間なんてあっと言う間。程なくして、御邸に着いたのよ。扉をノックされて、御邸に到着したことを知らされたの。

本当にこの馬車、静かに走るのね。まるで止まっているみたいだったわ。

とっても良いものを手に入れられたわ。

こんな素敵な馬車を作って下さった皆様に精霊様の御加護を!!　そう、お祈り申し上げたの。

＊＊＊

男爵家の晩餐には、辛うじて間に合ったわ。

出迎えて下さったハンナさんは、とても怖い顔をされていたの。ルーケルさんに非難の視線を向けておられたのよ。でもね、ルーケルさん、シレっとその視線を躱《かわ》して、馬車を厩舎に運ばれて行かれたの。……剛の者ね。

あのハンナさんの強い視線を受けて、そんな風に躱《かわ》せるなんて……私もまだまだってところね。

ハンナさん、忌々《いまいま》しげにルーケルさんの後ろ姿を、目で追ってはいたけれど、それよりも、大幅に刻限を過ぎて帰って来た私に、その怒りの矛先《ほこさき》は向いたの。

ゴメンね。ちょっと、それどころでは無かったんだってば。

でも、『百花繚乱』でのお話はまだ出来ない。ミルラス様が、厳重に秘匿せよって、そう仰っていたしね。こんなに他の方が沢山いらっしゃる場所で、説明なんか出来ないもの。

ちょっと……いいえ、かなり誤魔化して、刻限を大きく遅刻したことを謝罪したの。

まぁ、あまりにも馬車の乗り心地が良くて……つい……ってね。

＊＊＊

ダクレール男爵家の晩餐。皆が揃ったところで、ダクレール男爵閣下から御言葉を賜ったの。

そう、家族皆様の居られる前でね。遅参したことについて、説明も求められたわ。

だからって、まさか、魔力暴走に近い状態になったなんて……言えるはずもないわ。男爵閣下に話した『言い訳』は、ハンナさんにお伝えした通りのこと。出来上がった馬車の乗り心地があまりに良く、時間を忘れてしまったことにしたの。

勿論、非は全て私にあるということにしてね。

だって、そうしないと、イグバール様や皆さんにご迷惑が掛かるのだもの。

そんな私の話を、遮りもせず、じっくりと聞いて下さったダクレール男爵閣下。私は『預かり』の単なる庶民なのにね。男爵閣下は、仰るの。

「ダクレール家では、家族は可能な限り、食事を共にする。ダクレール男爵家の家訓だと思って欲しい。私は海に出る男だ。いつも、屋敷に居るとは限らない。それに、海上に於いては、何が起こるかは精霊様の『御心のまま』なのだよ。だからね、その時になって後悔しないように、家族との時間はとても大切にしているのだ。……エスカリーナ。君のことは、ドワイアル大公閣下より『大切な我が娘を頼む』とそう仰せ付かった。それに、ハンナも口では『主』と言うが、実のところ、君のことを年の離れた妹のように大切に想っている。……つまりは……だな、『君』はダクレール男爵家の家族ということになる。私はそのつもりだ。だから、変な遠慮も無しだ。いいね」

家族をとても大切にされている男爵閣下のお言葉は、心に沁み込んだの。

何があろうと後悔しないように、愛する者達との時間を精一杯大切にすることを、〝家訓〟にまでされているのよ。

海に面したこの御領で、海賊や海の魔物に対峙する男爵閣下。

海が荒れたら、船は荒波に揉まれ砕け散る可能性すらある。命が〝いつ〟脅かされる事態になるやもしれない。

だから、だからこそ……その時になって後悔しないようにと、この家訓が作り出されたのね。

ダクレール男爵家の結束が固いのは、理解していた。

でも、凄絶《せいぜつ》で苛烈《かれつ》で断固とした『意志』が、そこにあったのだと告げられたの。

大切なモノを大切にする。

いとも簡単に、その大切なモノが失われることを、常に念頭に置いて……

――自分らしく、素直に、その幸運を受け入れるために。

私がダイニングの席に着くのと同時に、晩餐は始まったの。

海で捕れた魚介類を惜しげも無く使い、王都では見ることも無いような、新鮮で豪華なお料理が、テーブルの上に溢れ返る。

魔力を大量に失った為なのか、とてもお腹が空いていたの。

目に入る、豪華なお食事を沢山食べたわ。

基本的に大食漢なダクレール男爵家の男の人達も、びっくりするくらいね。フフフ……

本当に心温まる、晩餐だった。

不機嫌だったハンナさんも、いつしか微笑んで下さったわ。

こんなにも心が温かくなったことなんて、前世では無かった。周囲の人達と、凍えるような関係性しか構築出来なかった前世の私とは……大違いね。

美味しく海の幸を頂き、食後のお茶の時間。

淹れて頂いたお茶を口にしていると、グリュック様が私の側に来られて、仰ったの。

「あぁ、エスカリーナ。君には今後、母とニーナの手伝いをして欲しい。するべきことは、母と、ニーナが教えるから、心配はないよ。いいね」

「はい、グリュック様。でも、宜しいのですか？　私でも、出来ることなのでしょうか？」

真面目な御顔から、真剣なお話であることは理解出来たわ。

でも、本当にいいのかしら？　奥様と若奥様のお手伝いなんて、『ダクレール男爵家の家政』に携わることと同義なのよ？

――ダクレールの御領の心臓部なのよ？

その上、グリュック様のお話からは、私ならば、十分にそれを全う出来る……そういう風に、暗に仰られていると、感じられて仕方なかったの。

「あぁ、『手伝い』だからね。全ては私が責任を負うんだ。父上にも、承諾を得てるよ。何よりも、君の能力は、私が付けた教師達から聞いている。教本も素晴らしいものだった。グリュックにも、イグバールにも認められ、母もニーナも君の人柄を好ましく思っている。何も問題はないよ。……ハンナも約束を果たしてもらうよ。いいね。これからハンナには、私の手伝いをして貰う」

「お兄様」

「そんな顔をしてもダメだぞ、ハンナ。この領はまだまだ『人材』に乏しいんだ。王都で教育を受けた者は喉から手が出る程欲しい。私はね、貪欲なんだよ」

グリュック様は、私を見詰め、言葉を続けられたわ。

とてもとても、優し気な光をその瞳に浮かべられながらね。

私は、その瞳の中に真摯《しんし》な願いを見て取ったのよ。

「エスカリーナも八歳になっている。彼女が、自分自身の足で立ちたいと望むなら、やらなければならないことだって、沢山あるのは判るね。ハンナ、君も理解しているだろ。いつまでも雛のままではいられないんだよ。自由に大空を飛ぶには、羽を鍛えなくてはならない。また、親鳥も理解せねばならないのだよ。エスカリーナが成長し、己《おの》が足で立てるようになった時、ハンナはどうするんだい？」

「お兄様、狡《ずる》い言い方ね」

「君の兄だからこそ、心配もするんだよ」

ダクレール領に来て、様々なことがあったわ。

その全てが……グリュック様の判断に繋がっているのかもしれない。

そういうご判断をされたのならば、その御期待に応えなくてはいけないわよね。

奥様、ニーナ様と御一緒に御領のお仕事に携わることで、この御領をもっとよく知って……

私が一人でも生きていけるように『知識』と『知恵』を得られる機会を、グリュック様はお与え下さったのだと思うの。何事も『挑戦』してみないと……

それに、私は『目標』が出来たもの。

御領全体のことを知ることもまた、いずれ私には必要になるかもしれないわ。もしかしたら、それが、『今』なのかもしれない。

グリュック様も仰っていたわ。いつまでも『雛のまま』ではいられない。

私も、ハンナさんばかりを頼りにしていられないもの。

自分の足で立つために、自分で生きて行くために、頑張らなくては!!

――それが、皆さんの『温情』と『愛情』に報いる、唯一つの『手段』なんだものね。

親離れ……というより、ハンナさん離れね。

乳飲み子が母の胸から離れるように、私も一人の人として生きて行くために……

そのために、頑張るのよ、私。

私が私らしく自分の足で歩んで行けるようにするために……

一人前の『薬師錬金術師』になるために!!

何より……

――私が私であるために!!

RC Regina COMICS
大好評
発売中!!
メイドから母になりました 1～6
原作 Seiya Yuzuki 夕月星夜
漫画 Asuka Tsukimoto 月本飛鳥
アルファポリスWebサイトにて
好評連載中!
メイドから母になりました 6
夕月星夜 月本飛鳥
転生して凄腕メイドになった元女子高生。
謎の男たちの襲撃から
愛娘を守ります!
シリーズ累計29万部突破!! 子育てファンタジーコミカライズ!
アルファポリス 漫画
検索
(電子含む)
シリーズ累計29万部突破!
子育てファンタジー
待望のコミカライズ!
異世界に転生した、元女子高生のリリー。
ときどき前世を思い出したりもするけれど、
今はあちこちの家に派遣される
メイドとして活躍している。
そんなある日、王宮魔法使いのレオナールから
突然の依頼が舞い込んだ。
なんでも、彼の義娘《むすめ》・ジルの
「母親役」になってほしいという内容で——?
B6判・各定価:本体680円+税

待望のコミカライズ！

ある日突然、魔界にトリップした幼稚園の新米先生・ココナ。すると、ココナに見込みがあると感じた魔王様から息子である王子のお世話係を頼まれてしまう。そこでココナは、いろんな子供たちと一緒に過ごせば、王子もすくすく優しく育ってくれると考え、魔界で幼稚園をはじめることに！　そうして集まった子供たちは……狼少女、猫獣人、吸血鬼、竜人族！　可愛いけれど、一筋縄ではいかなくて――？

＊B6判 ＊定価：本体680円＋税 ＊ISBN978-4-434-27542-5

アルファポリス 漫画　検索

異色の異世界ホラーファンタジー

待望のコミカライズ！

スーパーからの帰り道、突如異世界にトリップしてしまった結《ゆい》。通りかかった馬車に拾われ、妖しい城に連れていかれると、そこはなんと人食いアンデッド（不死者）たちの城だった！　結はさっそく城主のエルドレア辺境伯に食べられそうになるが、決死の思いで「私がもっと美味しい料理を作ってみせます！」と提案。すると彼は「料理が口に合う間は、お前を食べない」と約束してくれた。こうして命がけの料理人生活が始まって……!?

アルファポリス 漫画　検索

B6判／各定価：本体680円＋税

この作品に対する皆様のご意見・ご感想をお待ちしております。

おハガキ・お手紙は以下の宛先にお送りください。

【宛先】

〒150-6008 東京都渋谷区恵比寿 4-20-3 恵比寿ｶﾞｰﾃﾞﾝﾌﾟﾚｲｽﾀﾜｰ 8F
（株）アルファポリス　書籍感想係

メールフォームでのご意見・ご感想は右のＱＲコードから、
あるいは以下のワードで検索をかけてください。

アルファポリス　書籍の感想　検索

ご感想はこちらから

本書は、「アルファポリス」（https://www.alphapolis.co.jp/）に掲載されていたものを、
改稿のうえ、書籍化したものです。

その日《ひ》の空《そら》は蒼《あお》かった

龍槍椀（りゅうそうわん）

2020年 7月 5日初版発行

編集－加藤美侑・宮田可南子
編集長－太田鉄平
発行者－梶本雄介
発行所－株式会社アルファポリス
〒150-6008 東京都渋谷区恵比寿4-20-3 恵比寿ｶﾞｰﾃﾞﾝﾌﾟﾚｲｽﾀﾜｰ8F
TEL 03-6277-1601（営業） 03-6277-1602（編集）
URL https://www.alphapolis.co.jp/
発売元－株式会社星雲社（共同出版社・流通責任出版社）
〒112-0005 東京都文京区水道1-3-30
TEL 03-3868-3275
装丁・本文イラスト－フルーツパンチ。
装丁デザイン－AFTERGLOW
（レーベルフォーマットデザイン―ansyyqdesign）
印刷－図書印刷株式会社

価格はカバーに表示されてあります。

落丁乱丁の場合はアルファポリスまでご連絡ください。

送料は小社負担でお取り替えします。


ISBN978-4-434-27545-6 C0093